# 帘卷西风

顾钧 著

凤凰枝文丛／孟彦弘 朱玉麒 主编

凤凰出版社

**图书在版编目（CIP）数据**

帘卷西风 / 顾钧著. -- 南京 : 凤凰出版社, 2023.2
（凤凰枝文丛 / 孟彦弘, 朱玉麒主编）
ISBN 978-7-5506-3627-9

Ⅰ. ①帘… Ⅱ. ①顾… Ⅲ. ①小品文—作品集—中国—当代 Ⅳ. ①I267.3

中国版本图书馆CIP数据核字(2022)第247998号

| | |
|---|---|
| **书　　名** | 帘卷西风 |
| **著　　者** | 顾　钧 |
| **责任编辑** | 孙思贤 |
| **特约编辑** | 蔡谷涛 |
| **书籍设计** | 徐　慧 |
| **出版发行** | 凤凰出版社(原江苏古籍出版社)<br>发行部电话025-83223462 |
| **出版社地址** | 南京市中央路165号,邮编:210009 |
| **照　　排** | 江苏凤凰制版有限公司 |
| **印　　刷** | 苏州市越洋印刷有限公司<br>江苏省苏州市吴中区南官渡路20号,邮编:215104 |
| **开　　本** | 880毫米×1230毫米　1/32 |
| **印　　张** | 8.875 |
| **字　　数** | 163千字 |
| **版　　次** | 2023年2月第1版 |
| **印　　次** | 2023年2月第1次印刷 |
| **标准书号** | ISBN 978-7-5506-3627-9 |
| **定　　价** | 68.00元 |

(本书凡印装错误可向承印厂调换,电话:0512-68180638)

## 顾 钧

北京大学文学博士。现为北京外国语大学国际中国文化研究院教授、博士生导师。2015 年入选北外首批中青年卓越学科带头人。主要从事英美汉学史、翻译学和中外文学关系研究。出版有《汉学与跨文化研究》《美国第一批留学生在北京》《鲁迅翻译研究》等多部著作，发表学术论文 50 余篇。

# 弁　言

“凤凰台上凤凰游”，是李白《登金陵凤凰台》之诗句，昔年我江苏古籍出版社立足南京、弘扬文史，而更名所由也。

“碧梧栖老凤凰枝”，是杜甫《秋兴八首》所吟咏，今日我凤凰出版社为学林添设新枝，而命名所自也。

30多年来，凤凰出版社围绕中华传统优秀文化，彰显传承文明、传播文化、服务大众、贡献学术的出版理念，坚持以整理出版中国文、史、哲古籍及其研究著作为主的专业化方向，蒙学界旧雨新知之厚爱、扶持，渐已长大成为“碧梧”，招引了学界“凤凰”翩然来栖。箫韶九成，凤翥凰翔！嘤其鸣矣，求其友声！

“凤凰枝文丛”是本社与学界同人共同打造之文史园地，除学术研究论文外，举凡学人往事、经典品评、学术札记之文化随笔，旧学新知，无所不包。是作者出诸性情而诗意栖息之地，读者信手撷取而涵泳徜徉之处。

“凤凰鸣矣，于彼高冈。梧桐生矣，于彼朝阳。”

愿“凤凰枝文丛”成为我们共同的文化家园。

2019.5.22

# 引 言

本书收录的主要是我近五年来的学术小品文，曾在《读书》《中华读书报》《文汇报》等报刊发表过。和我年纪相仿的高校教师写这类文字的不多，因为对于业绩评估几乎不起什么作用。所以有朋友善意地嘲笑我是“不务正业”，也有人不无羡慕地说我是“有闲”。唯唯，否否，不然。高头讲章固然是学术，小品也是，只是写法不同而已，后者至少对文字表达的要求更高，而读者面往往更广。另外，有些有趣和零碎的材料不太适合正式论文，却能在小品文中找到位置，甚至成为亮点。至于说“有闲”，对于我这样的第一代北京移民只能是一种奢望，“悲晨曦之易夕，感人生之长勤”（陶渊明《闲情赋》），在当下这个忙碌的时代更是如此。但我写这些小文时的心态是放松的，想写就写，想怎么写就怎么写，不需要考虑其他任何因素。

我很享受这种愉悦的写作状态，也希望这一状态能够传递给本书的各位读者。

顾　钧

2021 年 8 月 13 日

# 目录

# 学人往事

# 汉学奇人马士曼

一个英国人从未来过中国，不仅直接依据中文翻译了《论语》，还出版了《中国言法》（*Elements of Chinese Grammar*，1814 年出版）——英语世界最早的汉语语法书，比中国学者马建忠的开山之作《马氏文通》（1898 年出版）早了八十多年。这个奇人就是马士曼（Joshua Marshman，1768—1837）。

1799 年马士曼受英国浸信会派遣前往印度传教，此后在印度工作生活三十多年，直至去世。俗话说，到什么山上唱什么歌。中国不是马士曼的业务范围，他为什么如此不务正业呢？除了内心的浓厚兴趣，其余都是他无法预见和掌控的外在机缘。

到加尔各答后不久，马士曼就见到了履新的英国驻印度总督韦尔斯利（Richard Wellesley）。总督对传教不感兴趣，但对传教士的语言能力，特别是学习热情相当赞赏。

马士曼早年就掌握了希腊文和拉丁文，到印度后立刻投入梵文和孟加拉文的学习中。与勤奋好学的传教士相比，英国的殖民官员显然是过于懒散了。为了让他们紧张起来，总督要求所有下属，特别是年轻官员必须接受培训，至少掌握一门印度语言，同时学习当地的风俗习惯和文化传统。为此他于1800年在加尔各答建立了威廉堡学院（College of Fort William），聘请英国本土和印度当地的专家前来执教。威廉堡学院最初教授印度的几种主要语言，后来增加了波斯语、阿拉伯语。其他东方语言也被提上了议事日程，汉语是其中之一，但苦于找不到老师。

1792年英国派出第一个访华的马戛尔尼（George Macartney）使团，万事俱备，但为了寻找合适的翻译却大伤脑筋，最后不得不到意大利那不勒斯的“圣家书院”（The Chinese College in Naples）物色人选（该院培训中国神父）。汉语人才的匮乏引起了英国朝野的高度重视，印度是中国的邻邦，韦尔斯利显然意识到了自己不可推卸的责任。此后接任总督的艾略特（Gilbert Elliot）更是不遗余力，甚至在资金不足的情况下自掏腰包支付汉语教师的薪水。

这位教师就是拉萨尔（Johannes Lassar），出生于一个亚美尼亚的商人家庭，从小在澳门长大，学习了一些汉语。1804年他为了寻求商业机会来到加尔各答，并结识了威廉堡学院副院长布坎南（Claudius Buchanan），后者得知拉萨尔懂汉语，如获至宝，力邀他加入教学团队。1805 年马士曼正式拜拉萨尔为师，开始了痛苦的汉语学习，他后来回忆说："拉萨尔的到来极大地满足了我一直以来对于汉语的梦想。但我们还是必须克服困难：他没有关于汉语的字典或词汇表，无论是英文的还是拉丁文的都没有。拉萨尔的英语并不比汉语更高明，于是我只好通过书本来学习汉语，其中没有一个字的外语注释或翻译，这样的学习实在痛苦，有时几乎动摇了我的决心。但就是用这样的方法，我最终将孔子的著作翻译出版。这一工作完成三个月后，我才第一次见到了一本拉汉字典。"（《中国言法·前言》）这本拉汉字典是一位路过加尔各答的朋友送给马士曼的，一下子解决了许多拉萨尔说不清道不明的地方。

上面引文提到的 *The Works of Confucius* 是 19 世纪最早的英译《论语》，马士曼将此书献给了汉语教学的坚强后盾艾略特总督。在译本前言中，马士曼表示，努力学习汉语的动机固然是自己的兴趣，以及期望有朝一日为英国的利益服务，但更重要的是，"法国已经在汉学上取得了很大的成绩，远远领先于英国"。不说别的，那本给他极大帮助的拉汉字典就是法国人编的。就在《论语》译本出版的 1809 年，英国组织了第五次"反法同盟"，对付不可一世的拿破仑。马士曼显然是在汉学领域响应国家的政策，发起了对法国的挑战。

马士曼

马士曼的《论语》翻译只做了一半（前十篇），虽有开创之功，但质量平平。与此相比，出版于1814年的《中国言法》更能代表他的汉学水平。为了阐明汉语语法，马士曼从中国各类著作中精选了近500个例子，分为名词、形容词、代词、动词、小品词（包括副词、介词、连词、叹词）、句法、标点、方言8个部分。他所运用的自然是西方的语言学概念，比如用性、数、格来讨论汉语的名词，格又细分为主格、宾格、属格、与格、呼格、离格、位置格。在说明汉语的属格时马士曼指出，常见的情况是使用“之”，但“之”也有省略的时候，例如《孟子》中的“人之患在好为人［之］师”。在句法方面，马士曼列出了55种常见的情形，如第26种是关于施动者的省略现象，他从《论语》中举了两个例子：“子曰见贤思齐焉见不贤而内自省也”和“道不行乘桴浮于海”，前者省略了“你”，后者则省略了“我”。在动宾的用法上，马士曼敏锐地发现，“善于写作的人常常将宾语提前，同时将一个关系词置于动词之后”，例如《论语》中的“千乘之国可使治其赋也不知其仁也”。因为汉语没有词形变化，“关键在于词语的位置”，这是马士曼对汉语语法的一个最根本的认识。

不难发现，《中国言法》中的例子都是书面语，这和一年后出版的马礼逊（Robert Morrison）《通用汉言之法》（*A Grammar of the Chinese Language*，1815 年出版）形成了鲜明的对比，后者解说汉语语法更为简便实用，且多用口语例证，例如“他明天将来”就妥妥地表明汉语的时间状语一般应放在动词之前。书面语，特别是来自经典著作的书面语具有稳定性和权威性，自然是不容否认的，但这只是硬币的一面，另一面我们必须看到，马士曼从未涉足中国，对于汉语口语不具备马礼逊那样的实际经验，在这样的情况下他能仅凭借阅读对汉语做出比较精深的研究，不能不令人肃然起敬。

马礼逊是英国最早的来华传教士，1807 年到达广州，从此以后广州（以及附近的澳门）逐渐取代加尔各答成为英国人学习汉语、从事汉学研究的新据点。

《文汇报》2021 年 1 月 21 日

# 马士的学术遗憾

自 1910 至 1918 年，三卷本《中华帝国对外关系史》（*The International Relations of the Chinese Empire*）陆续出版，很快成为国际学术界标准的中国近代史参考书。该书作者马士（Hosea B. Morse）1874 年毕业于哈佛大学，同年与三位同学一起考入中国海关，在上海学习汉语三年后，于 1877 年出任天津海关帮办，翌年调入北京总税务司任职，1887 年任上海副税务司，嗣后又在北海、淡水、龙州、汉口、广州等多处海关任职。1909 年退休后择居伦敦郊区的坎伯莱（Camberley），全身心投入近代中国外交史研究，并很快结出了硕果。

《中华帝国对外关系史》体大思精、考证翔实，刚一出版就受到中国学者的关注，蒋廷黻是其中之一，他认为该书的英文资料无懈可击，但同时觉得马士的不少观点有失偏颇，因为基本没有使用中文史料。蒋廷黻是中国近代外交史研究的开创者，早在美国留学时就开始关注这方面的著作和史料，1923 年回国后历任南开大学、清华大学历史系教授，所著《中国近代史》（1938 年出版）和所编《近代中国外交史资料辑要》（1931 年出版）影响深远。蒋廷黻对学科建设的最大贡献在于首倡原始档案的使用，在谈到中国外交史研究时他强调指出：“外交史的特别在于它的国际性质。一切外交问题，少则牵连两国，多则牵连数十国。研究外交史者必须搜集凡有关系的各方面的材料。根据一国政府的公文来论外交等于专听一面之词来判讼。关于中国外交的著作，不分中外，大部分就犯了这个毛病。”（《近代中国外交史资料辑要·序》）因此要克服这个毛病，就要从原始文献，特别是中国的原始文献入手。

马士并非不懂中文，也并非不知道清宫中藏有大量的一手文献，但这些文献即便在中国时也难以获得，何况远在英国。他退休后卜居坎伯莱，就是为了便于去伦敦查找英国档案——那是完全对公众开放的。这一中外文献不平衡的状况在 1920 年代开始转变，特别是随着《筹办夷务始末》等档案的影印出版，越来越多的学者认识到，研究中方在近代中外交往中的态度不仅完全必要，也已经是可能的了。

《筹办夷务始末》是清代官修的对外关系档案资料汇编，又称《三朝筹办夷务始末》，其中道光朝自道光十六年（1836 年）议禁鸦片开始，至二十九年（1849 年）止，收录这一期间涉外事项的上谕、廷寄、奏折、照会等档案约2700余件，220万字。咸丰朝起自道光三十年（1850年）正月，迄咸丰十一年（1861年）七月，共收档案约3000件，200万字。同治朝自咸丰十一年七月至同治十三年（1874年）十二月止，共收档案约3600件，250万字。综计三朝的内容，凡中外关系史上的重要事件，如两次鸦片战争、沙俄强占东北，以及教案问题、租界问题等都有记载，确实是一个资料的宝库。这三朝《始末》编成之后藏于宫中，均系手写稿本，没有刊刻付印。清朝覆亡后这三种稿本连同宫中其他档案均为故宫博物院所有。在蒋廷黻等学者的大力推动下，故宫于1929年开始陆续将其全部影印出版。马士知道这个消息后非常高兴，但因为年老体衰，已经无力研读和使用了。1934年马士带着遗憾离开了人世。

马士更大的遗憾是身前没有写成《赫德传》。赫德（Robert Hart）是中国近代史上举足轻重的人物，从1863年11月开始担任总税务司，直到1911年9月去世，他一直是中国海关的掌门人。不仅如此，他对于晚清的外交事务也常常能够说得上话。当初决定建立总税务司时，无论是各国公使还是商人们，都希望把这一机构建立在商业中心的上海，但后来还是建在了北京，并隶属总理衙门，所以每当晚清京官对于外交事务不知如何应对时，他们就会就近向赫德请教。由于工作努力，为人谨慎，赫德很受清廷的赏识，多次受到嘉奖，如 1869 年赏加布政使衔，1885 年赏戴花翎，1901 年更荣获太子少保的头衔——这即使是中国官员也很难得到的。

对于研究晚清海关史、外交史来说，赫德的意义毋庸多言。马士在中国海关工作三十多年，又曾经当过赫德的助手，对赫德为核心的海关史进行研究可谓近水楼台，最合适不过了。但赫德的家人却不肯配合，不愿意将赫德的日记（74 册）和一些重要的书信提供给马士作为研究之用。无奈之下，马士只好重新设计自己的思路，把研究对象扩大为自 1834—1911 年的中国外交史，其最终成果就是三卷本《中华帝国对外关系史》。这部巨著出版后虽然广受关注、影响深远，但马士还是念念不忘初心，在为二、三卷所写的前言中，他这样表达自己的遗憾："当我着手写本书时，我最初的念头是想把赫德和他组织的那个庞大的中国海关作为全书的核心，并以此为线索来编写中国的对外关系史。……我终于无法获得赫德的日记，他的几大扎重要书信也同样无法利用，得不到这些关键资料，要写那本我计划已久的赫德传记，自然是纸上谈兵。因此我只好极其遗憾地不得不用一部历史来代替一本传记。"

当然遗憾也并非完全无可弥补，在《中华帝国对外关系史》中，马士利用自己掌握的材料对晚清海关以及赫德本人还是做了不少论述，如第二卷第一章（上海税务司）、第二章（总税务司）、第七章（海关权力的确定）。在第三卷第十四章（协定中的海关）他对赫德做了如此评价："赫德完全是另一种类型的人。从明末入华耶稣会士以来，没有一个外国人能像他那样了解中国人的性格。他洞悉中国人的心理，精通中国的语言文化，所以做起事情来总是与众不同，虽然在不少西方人看来似乎瑕疵百出、幼稚可笑，却能够投合精细有余而眼界不足的那些清朝官员的喜好。他最优异的品质是谨慎。"可见，赫德在晚清错综复杂的各种权力关系中能够长期控制海关并发挥自己的影响力，是自有他一套官场经验的。

赫德的日记直到 1971 年由其长孙捐献给北爱尔兰贝尔法斯特大学才大白于天下，这已是马士去世 40 年以后的事情了。学术研究大约永远都会留下遗憾，无论一个学者自身如何努力。

《文汇报》2019 年 8 月 4 日

# 末代帝师的教授生涯

在近代来华的英国人当中，庄士敦（Reginald Johnston）无疑置身于知名度最高的第一方阵。他是宣统皇帝溥仪的师傅——尽管溥仪跟他学英文的时候（1919—1925）逊位已久，但他小时候确曾当过几天末代皇帝。洋人而为“帝师”，上下五千年，史无前例。

二十世纪二十年代中叶，溥仪和他的一套皇家班子被赶出了皇宫，“帝师”庄士敦也只好就此下课。五年后他结束在中国的工作返回英国，重拾教鞭，当上了一名汉学教授。教授历来是一种没有多少光芒和影响的职业，于是庄士敦老师也就淡出了人们的视野，但他此后的经历其实还是比较好玩可以一谈的。

1931 年 3 月底，庄士敦被正式任命为伦敦大学东方学院汉学教授，这个位置可以说来得比较轻松。虽然招聘消息一经公布，先后有九人提交申请，但进入 3 月初最后面试的只有庄士敦和叶女士（Evangeline Edwards）两人。面试重点考察口语水平，庄优势明显。当初请他当帝师，正是看中这一点。溥仪的评价应该可以一锤定音："他的中国话非常流利，比陈（宝琛）师傅的福建话朱（益藩）师傅的江西话还好懂。"（《我的前半生》）庄士敦1898年就来到中国，曾长期在英国租借地威海卫任职，直到1930年租借期满。前后三十多年的摸爬滚打，他早已是不折不扣的中国通。叶女士虽然也在中国当过传教士（1913—1919），和庄比起来，毕竟资历尚浅。再说教授遴选委员会中还有庄的熟人，其中骆克哈特（James S. Lockhart）一言九鼎，乃是庄在威海卫的老上级，也是二十多年的老朋友。

当上教授后，庄士敦发现情况远不如想象的那么美妙，甚至可以说相当糟——每周上课14小时，大部分都是基础的汉语训练。这当然是东方学院的性质决定的，自1917年建院以来，它的培养对象一直就是那些准备去英国殖民地的官员和商人。语言训练离不开重复，一段时间还可以，天天如此、年年如此，确实让人难免厌烦。课程乏味，人际关系也不佳。中文系是小系，庄士敦是教授兼系主任，手下两员大将。一位就是叶女士，她从中国回来后于1921年开始在东方学院任教，工作十年想竞聘本系教授职位，结果被庄士敦这个外来户抢走了，她的心情可想而知。另外一位是卜道成（Joseph Bruce），也曾在中国传过教，是原先的教授，庄士敦就是接了他的位置。卜不当教授，但继续留在系里上课，按小时付费，待遇类似外聘教师。前后这样的落差，估计换了别人也很难愉快地接受。面对这两个心怀不满的下属，庄士敦的策略是躲——上完课立刻回家。但躲得过初一，躲得过十五吗？1934 年卜道成去世后，庄士敦要求招聘新老师，但校方以经费紧张为由拒绝，让庄士敦和叶女士分摊卜留下的工作。有一次上课实在厌烦了，庄士敦就自作主张地缩短了时间，被学生告状后他辩白说："已经把这门课讲烂了，再重复下去，自己也会烂掉。"（More than exhausted the subject, besides exhausting myself in trying to avoid repetition.）在忍无可忍的情况下，庄士敦最终拿出自己的工资雇人上课，避免了"烂掉"的危险。

1930 年 10 月威海卫归还中国后，庄士敦决定返回英国，毕竟年过半百，也该落叶归根了。他的目标是找一份轻松而体面的工作，考虑过牛津大学的汉学教席，但每年 80 英镑的收入实在毫无吸引力，东方学院开出的价码可是 1000 英镑！但光拿钱，不干事，天下哪有这样的便宜？其实庄士敦不是没有讲课能力，他回英国后不断有人请他演讲，不管是关于中国的哪个方面，他都讲得头头是道、引人入胜。1933 年他在布里斯托尔大学的系列讲座也很精彩，第二年结集为《儒学与现代中国》（*Confucianism and Modern China*）出版。就一个题目讲一次，庄士敦是胜任愉快的，他难以承受的是一门课重复若干次，而且一周十几个小时，也让他几乎无暇顾及自己的事情。他最想做的当然是把紫禁城的那段辉煌经历写出来，1925 年就定下计划，但威海卫事务繁忙，没有时间，本以为在东方学院能空闲一点，结果大大不然。无奈之下，他只好放弃休息和假期，紧赶慢赶，直到 1934 年初才呈现给读者。《紫禁城的黄昏》（*Twilight in the Forbidden City*）一经问世就广受欢迎，几个月内连续印刷四次，不仅畅销英国和欧洲大陆，在美国也热卖，并且很快被翻译成了日文。拿到丰厚的版税，庄士敦立刻在自己的老家苏格兰买下了一座小海岛，在那里他可以远离尘嚣，暂时把伦敦和东方学院放在脑后。

东方学院本来对庄士敦抱有很高的期望，他在中国政界、商界、学界人脉那么广，怎么着也能给学院带来点资源。但庄士敦完全不领会这一意图，后来甚至连系主任会议也经常无故缺席。至于教学态度和同事关系，更是乏善可陈。1934 年，就在他为《紫禁城》一书春风得意的时候，学院开始酝酿请他退休走人（当年 10 月 60 岁）的计划，但最终经过斗争还是将时间延长到 1937 年 9 月底。学院做出让步主要考虑到庄士敦的国际影响，他当过帝师，这事原先知道的人当然不少，但基本局限在和中国人打交道的圈子里。现在随着《紫禁城》的热销，庄已经算得上一个文化名人，学院对他的处理必须谨慎。好在庄士敦本身也不太想干了，唯一不舍的是那 1000 英镑。用版税买下海岛没有经济压力，但维持也需要一大笔钱啊。

庄士敦在教书厌烦透顶的时候，多次萌发过辞职的念头。但自己辞职是一回事，被别人赶走是另一回事。为了报复院方对自己的算计，在延长聘用协议达成后不久，庄士敦就提出请假去中国看望溥仪，声称自从回英国后他就一直非常想念这个以前的学生。1935 年 8 月庄士敦经过日本到达长春，受到了最高规格的接待。盘桓四个月后，他婉言谢绝了留下来担任溥仪顾问的邀请，当然这绝不是因为心里放不下东方学院的那帮学生，溥仪重新坐上龙椅他当然高兴，但同时他很明白：紫禁城如果还是黄昏，满洲国只会是黑夜。

从长春回来后，庄士敦的教学工作每况愈下，更加心不在焉。作为教授，他是彻底失败了，这让我们更加欣赏他作为帝师的成功："在我眼里，庄士敦的一切都是最好的，甚至连他衣服上的樟脑味也是香的。庄士敦使我相信西洋人是最聪明最文明的人，而他正是西洋人里最有学问的人。"溥仪在他的影响下，毫不犹豫地剪掉了自己的辫子，"和谁也没有商量"（《我的前半生》），甚至动了去英国留学的念头。如果这个念头成真，他的后半生将会被大大改写。

当初东方学院选人，太看重口语而忽视学术。其实就学术而言，叶女士是更合适的教授人选。她在去中国前的学历是本科，回国执教东方学院后不断提升自己，1925年获硕士学位，就在申请教授的1931年，她又凭借研究唐代小说的论文取得了博士学位，完成了从中国通（传教士、外交官）向专业汉学家的过渡。就西方汉学的发展来说，专业化、学术化是大势所趋，叶女士代表了这个方向。1937年庄士敦退休后，她接替了系主任的位置，并于1939年成为教授，从此东方学院中文系走上了科研和教学并重的正轨。

《文汇报》2019年11月22日

# 费正清早年的求学之路

费正清（John King Fairbank，1907—1991）是20世纪美国最具影响力的中国学家。1991年9月14日他去世后，曾经听过他课程并和他共事多年的余英时给予了这样的盖棺定论："半个世纪以来，他一直是美国的中国研究的一个重要的原动力；哈佛大学历史系正式把中国近代史包括在课程之内是从他开始的。他的逝世象征着这一学术领域的一个时代的落幕。"（《开辟美国研究中国史的新领域：费正清的中国研究》）虽然前人对费正清已经做过不少研究，但主要集中在他辉煌的后半生。本文试图在知识、资本和权力空间中略述费正清早年的求学之路，以此纪念这位伟大的学者诞辰110周年。

# 一

费正清于1907年5月24日出生于美国西部南达科他州休伦（Huron）的一个中产阶级家庭，1911年随全家迁往同州的苏费尔斯（Sioux Falls）。1920年他进入苏费尔斯中学就读，三年的学习让他感到该校的课程“没有太多的挑战性”（英文版《回忆录》*Chinabound* 第9页），于是决心转学到东部并得到了父母的支持。与西部相比，美国东部的教育要发达得多，不仅有常春藤盟校等著名高等学府，也有美国最好的中学。1923年费正清进入新罕布什尔州菲力普斯·埃克塞特学校（Phillips Exeter Academy）学习，这是一所高水平的大学预备学校。费正清在此求学期间表现优异，多次获奖。1925年毕业典礼上被推选为致告别辞的学生代表。更重要的是，1925年毕业前夕，他因为论文比赛获奖，得到了假期前往英国和法国游历的机会。这是他生平第一次走出国门，大大拓展了他的视野。他的照片还被刊登在《纽约时报》上，这对于一个刚刚18岁的青年来说是很大的荣誉。

按理说，费正清中学毕业后应该选择美国最古老也是最好的大学——哈佛——作为接受高等教育的场所。但他却没有这样做，而是选择了一所州立大学——威斯康星大学（当然也是很好的州立大学）。根据费正清本人的解释，这一方面是因为他的家族成员中不少人是威大校友，另一方面则是因为威大实行男女同校，比老牌大学风气开放，这对于一个年轻人很有吸引力，尽管基本上来说费正清具有少年老成的性格特征。但在威大学习两年后，费正清还是决定转入哈佛大学，原因正如他本人所回忆：“我面临着即将成为大学校园内大人物的前景，这预示着抛弃专心求学而改走另一条道路的前景，于是我决定转学到哈佛大学。我采取这样的行动，曾经有过先例。在苏费尔斯中学三年级时，我曾面对站在楼梯和走廊上的同学们发表演说，那时我已成为高年级学生会主席的有力候选人，可是我却去了埃克塞特读书。现在似乎是再一次向东走的时候了。”（英文版《回忆录》第 13 页）转入哈佛对费正清的一生至关重要，他后半生的辉煌事业就是在这里成就的。

从以上所介绍的费正清一路向东的求学历程，我们不难看出他多方面的才能。他虽然有向其他方向发展的巨大潜力，却始终将自己定位为一名学者。但和一般书斋中的学者不同，费正清不仅学业优异，而且活动能力强。他日后的成就很大一部分归功于他出色的学术组织能力，这在早年已经显露无遗。

哈佛两年的大学生活对于费正清的重要意义在于，他正是在此期间决心从事中国研究。实际上，费正清于 1927 年秋进入哈佛时还没有任何要研究中国的念头，当时的哈佛也几乎没有关于近代东亚的任何正规课程。费正清在哈佛两年接受的基本是人文学科的一般教育。在哈佛期间影响他最大的不是哈佛的教授，而是来自英国的一位访问教授韦伯斯特（Charles K. Webster，1886—1961）。韦氏是英国著名的国际关系史学者。他在来哈佛之前刚刚访问了中国和其他东亚国家，会见了包括蒋介石在内的中国政要以及蒋廷黻等一批学者。在1929年初哈佛学生俱乐部的一次午餐会上，韦伯斯特介绍了自己的中国之行，特别提到了《筹办夷务始末》的即将出版，对它的使用前景感到异常兴奋。他认为这一文献能更清楚地说明东亚的疑难问题，所以很可能对改写中西关系史有着决定性的意义。参加午餐会的费正清当时正上四年级，对近代史领域有浓厚的兴趣，但对于具体研究哪个国家的近代史，则还在犹豫之中。韦伯斯特的讲演使他茅塞顿开，为什么不研究中国的近代史呢？几天后费正清去拜访韦伯斯特，并与他进一步讨论了这个十分吸引人的课题。这次拜访对费正清来说是决定性的，他此后的学术方向基本确定，虽然当时他对中国的学术意义上的认识还几乎等于零。基于有限的条件费正清的哈佛学士毕业论文是关于俄国革命的，但他知道自己未来的研究方向将是19世纪以来中国的一系列革命。

1929年秋费正清前往牛津大学攻读博士学位，而不是留在哈佛继续求学，主要原因是两个。其一是罗德斯奖学金（Rhodes Scholarship），该奖学金是根据英国政治家、实业家塞西尔·罗德斯（Cecil J. Rhodes，1853—1902）为增进英语国家间关系的遗愿而于1902年在牛津大学设立的。该奖学金有“大学生诺贝尔奖”之称，所以能够获得是很大的荣誉，也再次说明费正清在哈佛期间表现优异。在 20 世纪初期，牛津大学的国际声望显然在哈佛之上。这是费正清愿意去英国求学的另外一个原因。美国虽然在 19 世纪末经济实力就超越了英国，成为世界最大的经济体。但在文化和教育上，它仍然唯英国和欧洲大陆马首是瞻。

其实，如果费正清留在哈佛，也不是没有机会。1928 年哈佛燕京学社成立，吸引了不少年轻学子投身中国研究，如魏鲁男（James R. Ware，1901—1977）、顾立雅（Herrlee G. Creel，1905—1994）、西克曼（Laurence Sickman，1906—1988）、卜德（Derk Bodde，1909—2003）等。当然，刚成立的哈佛燕京学社一时仍然解决不了中国研究师资和资料的问题，但是凭借雄厚的资金，它可以把学生送到欧洲（主要是巴黎和莱顿）、日本（东京和京都）、中国（主要是北京）去留学和研修。同时，更重要的，它花重金所要培养的是传统意义上的汉学家，也就是以古代中国文明为研究对象，具有扎实的文献功夫和广博的知识结构的纯学者。费正清从一开始便走上了与同时代人——美国最早一批专业中国学家——不同的道路：他所前往的是汉学传统不如法国、荷兰的英国，他所要研究的是近代中国，他的奖学金来自哈佛燕京学社之外的其他渠道。这一切都预示着他将成为一个异数，一支异军突起的力量。

## 二

1929 年费正清从哈佛大学毕业后，作为罗德斯奖学金的获得者于同年秋赴牛津大学攻读博士学位。早在 1876 年，牛津大学就设立了汉学讲座，聘请著名传教士汉学家理雅各（James Legge, 1815—1897）为首任教授。但遗憾的是，其时对汉学感兴趣的学生一直很少，汉学课程处于聊备一格、装点门面的状态。1929 年秋费正清在巴利奥尔学院注册时，牛津大学仍然没有正规的汉语课程，而且对于博士学位也没有语言必修的规定。

对于选定中国近代外交史作为研究对象的费正清来说，掌握汉语自然是必不可少的，于是巴利奥尔学院特别为他安排了一位指导教师苏慧廉（William E. Soothill, 1861—1935）。苏氏曾经作为传教士在中国生活多年，汉语熟练，1920 年被聘请为牛津大学汉学教授，接替 1915 年去世的布勒克（Thomas L. Bullock，1845—1915）。1929 年费正清抵达牛津时苏慧廉正忙于编写一本中国佛教术语词典，无心帮助费正清学习汉语，只是给了他一本布勒克编写的汉语教材让他自学。

1935 年底，费正清向牛津大学巴利奥尔学院提交了题为《中国海关的起源：1850—1858》（*The Origin of the Chinese Maritime Customs Service, 1850-1858*）的博士论文，并于 1936 年 4 月通过答辩获得博士学位。这篇论文的主要部分是在北京完成的，但选题和构思则可以追溯到他刚到牛津时和马士的交往。

马士（Hosea B. Morse，1855—1934）于1874年毕业于哈佛大学，同年与三位同学一起考入中国海关，在上海学习汉语三年后，于1877年出任天津海关帮办，翌年调入北京总税务司任职，1887年任上海副税务司，嗣后又在北海、淡水、龙州、汉口、广州等多处海关任职。1903—1907年马士任总税务司的统计秘书。1909年退休后马士择居伦敦郊区的坎伯莱（Camberley），开始着手研究中国海关史。马士在中国海关工作三十多年，又曾经当过总税务司赫德（Robert Hart，1835—1911，1863—1911年担任中国海关总税务司）的助手，对赫德为核心的海关史进行研究可谓近水楼台，最合适不过了。但赫德的家人却不予以配合，不愿意将赫德的日记（共74册）和一些重要的书信提供给马士作为研究之用。无奈之下，马士只好重新设计自己的思路，把研究对象扩大为自1834年至1911年的中国外交史，其最终成果就是三卷本的《中华帝国对外关系史》（*The International Relations of the Chinese Empire*），这部巨著自1910至1918年陆续出版，并很快成为国际汉学界标准的中国近代史参考书。

1929年秋天，费正清在横渡大西洋前往英国的轮船上仔细阅读了马士的《中华帝国对外关系史》，特别是其中关于鸦片战争的章节。到达牛津大学后，费正清很快通过苏慧廉的介绍前去拜访住在伦敦郊区的马士。深居简出、专心著述的马士对于这位来访者表现了很高的热情，一来这个年轻人与自己有着同样的研究兴趣，二来两人又都是哈佛大学的校友。初次见面，兴奋不已的马士就滔滔不绝地向费正清讲了一大通有关海关和晚清政府的情况，并承诺以后会给费正清的研究提供一切可能的帮助。从日后费正清的学术道路来看，马士的影响是巨大的。

在和马士见面后，费正清决定研究中国海关的创建问题，而这个问题与英国的关系最为密切，所以第一步就是要考察英国的立场。按照当时牛津大学的规定，一个学生在撰写博士论文之前，必须首先获得副博士（B. Litt.）学位，为此费正清每天从牛津前往伦敦的英国公共档案馆（Public Record Office）查阅资料。利用各条约口岸英国领事馆的档案，费正清完成了题为《1850—1854 年英国对中国海关创建的政策》（*British Policy in Relation to the Origin of the Chinese Imperial Customs Service, 1850-1854*）的论文。1931 年春天，费正清正式递交了这篇论文，并获得了通过。如果说这篇论文存在什么问题的话，那就是没有使用任何中文材料。这也是马士的问题。马士的著作体大思精，考证翔实，但他完全依靠外文资料。马士并非不懂中文，他这样做固然有学术上的偏见——认为中文材料不甚可靠，但更主要的还是因为中文材料的不易获得。这一状况在 1920 年代开始转变，特别是随着《筹办夷务始末》等档案的影印出版，越来越多的学者认识到，研究近代中外交往中中方的态度不仅是完全必要的，也已经是可能的了。

## 三

为了进一步掌握汉语，从而为自己的研究做好准备，费正清决定前往中国。1931 年春，他说服苏慧廉为他进行了一次汉语能力测验，并请老师就他的成绩和他的真诚努力出具一份书面证明。利用这一证明，费正清向罗德斯奖学金委员会申请前往北京进修。他的申请很快获得了批准。1932 年 2 月费正清抵达上海，稍后到了北京。

费正清知道自己要想超越马士，就必须在中文方面下功夫。1932 年初，他再次漂洋过海，来到了上海。上海是中国近代最早建立海关的地方，时间是 1854 年，费正清希望从这个起点开始，一步步地进入赫德的世界。但一个意外人物的出现把费正清挡在了这个世界的门口。这个早已埋伏在半路上的“程咬金”就是魏尔特（Stanley F. Wright，1873—1951）。魏尔特出生于英国，1903 年来华进入海关工作，历任帮办、副税务司、税务司等职务，并长期担任总税务司机要秘书。对于这样一个重要人物，费正清一到上海就拿着马士的介绍信前往拜访。总税务司是辛亥革命予以保留的晚清机构之一，1929 年后从北京移至上海。费正清在魏尔特那里没有得到马士那样的欢迎，他的到来一下子让主人大为警惕。原来魏尔特正在计划写一部海关史，或者说是一部赫德的传记，因为在他看来，中国海关在赫德工作的那段时间，基本上就是赫德的传记。

这样的传记由魏尔特来写自然颇为合适。魏尔特长期供职海关，熟悉业务，接触过海关有史以来的大量材料，而且作为机要秘书还能够看到一般海关人员无缘一见的机密文件。面对这样一个优势明显的对手，费正清立刻决定把自己研究课题的下限划定在 1858 年——赫德是 1859 年才入海关的，这样绝对不会和魏尔特冲突；并且他明确地告诉魏尔特，他将把以后四年的留学时间主要用来学习汉语和阅读中文文献，并把自己的工作重心放在北京而不是上海。

魏尔特长达 900 多页的《赫德与中国海关》（*Hart and the Chinese Customs*）一书于 1950 年问世，三年后，费正清的博士论文《中国沿海的贸易与外交》（*Trade and Diplomacy on the China Coast*）也出版了，这篇论文是在他 1935 年提交给牛津大学的博士论文的基础上修改和扩写而成的，那篇论文讨论了 1850 至 1858 年中国海关的起源问题，而 1953 年的论著则不仅把论题扩大了，而且时间也调整为 1842 至 1854 年，离赫德掌管海关的时间更远了。

从博士论文的参考书目我们知道费正清在北京期间阅读了大量的中文文献，这使他比马士站得更高，也对近代中国历史看得更为全面。费正清在北京期间一直致力于汉语水平的提高，他研修汉语所在的“华北协和华语学校”（North China Union Language School）是当时中国北方最好的培训机构（1913 年正式建立，1949 年停办），三年多的培训使他能够比较熟练地阅读中文文献，同时口头表达能力也有了一定的提升。

费正清是西方学者中率先使用中文档案进行中国近代史研究的，这固然得益于他良好的汉语能力，但更为重要的是他在北京期间得到了蒋廷黻的指导。蒋廷黻早年留学美国，1923 年获博士学位后回国任教，先后任南开大学、清华大学历史系教授。他是中国近代外交史研究的开创者，所著《中国近代史》（1938 年出版）和所编《近代中国外交史资料辑要》（1931 年出版）影响深远。

蒋廷黻对近代中国历史研究的最大贡献在于首倡研究原始档案资料。他指出，社会科学与自然科学的研究一样，要以事实为基础；历史研究有其自身的规律，规律之一就是必须从原始资料入手。在谈到中国近代外交史的研究时他强调指出：“外交史的特别在于它的国际性质。一切外交问题，少则牵连两国，多则牵连数十国。研究外交史者必须搜集凡有关系的各方面的材料。根据一国政府的公文来论外交等于专听一面之词来判讼。关于中国外交的著作，不分中外，大部分就犯了这个毛病。”（《近代中国外交史资料辑要》）因此要克服这个毛病，就要从原始文献，特别是中国的原始文献入手。蒋廷黻自己身体力行，为搜集和整理中国近代外交原始资料付出了大量心血。

费正清到北京后，立刻和蒋廷黻取得了联系，并就如何使用《筹办夷务始末》和其他中文资料向蒋廷黻请教。费正清的第一篇学术论文《1858 年条约前鸦片贸易的合法化》（*The Legalization of the Opium Trade before the Treaties of 1858*）正是在蒋廷黻的指导下完成的，他也成为最早使用《筹办夷务始末》的外国学者。著名华裔美国历史学家何炳棣（1917—2012）回忆 1953 年 7 月第一次见费正清的情形时写道：“我自我介绍 1934 年秋清华入学之时，费已赴牛津完成博士学位，刚刚错过在北平结识的机会（按：此处何炳棣记忆有误，费正清是 1935 年底离开北京赴牛津大学提交并答辩博士论文的）。然后极度诚恳地恭维他是蒋廷黻之后，举世第二位学者研究引用《筹办夷务始末》的。他马上纠正我：‘是第三人，张德昌早我半年。’”（《读史阅世六十年》）与何炳棣一样，张德昌也是 1930 年代求学于清华，是历史系的高材生，他利用晚清档案写出了《胡夏米货船来华经过及其影响》《清代鸦片战争前之中西沿海通商》等高水平的论文。虽然事隔近二十年，费正清对于当时的北京学界和自己最初使用《筹办夷务始末》的情形显然还记忆犹新。

蒋廷黻不仅在学业上给予费正清指导，在生活上也给予他帮助。1932 年费正清到北京后不久罗德斯奖学金就到期停发了，为解决生活费用，他曾两次申请哈佛燕京学社奖学金，但均告失败。这时蒋廷黻伸出了援助之手，安排费正清在清华大学历史系兼课，帮助他渡过经济危机。

关于两次被哈佛燕京学社拒绝的情形，费正清本人有比较详细的回忆，第一次是这样的："我在申请书中说明我正从事中英外交关系的研究，同时在一家传教士培训中心（按：即华北协和华语学校）学习汉语口语。我的申请让人难以看出我能够成长为一名传统的汉学家。我没有说明自己要在像洪业教授那样的学者的指导下研习中国古代经典，或者去巴黎、莱顿等汉学中心从事这样的研修。……我的申请被拒应该说是不奇怪的。"第二次还是同样的结果："当 1932 年快要结束时，我再一次向哈佛燕京学社提出申请，申请内容没有太多变化，只是说明除了学汉语，我还会学日语。我说明我将继续在北京完成我的牛津大学博士论文，但是需要去最早开放的五个通商口岸（上海、宁波、福州、厦门以及广州）查看当地领事馆的原始档案。这几乎与哈佛燕京学社关注的研究方向完全无关，所以我的申请再次遭到拒绝。"（英文版《回忆录》第 98 页）在我看来，这两次被拒是费正清一生中最大的挫折，对他后半生的学术和事业产生了不可小觑的影响。

哈佛燕京学社自建立以来，基本上还是沿袭欧洲汉学的传统，关注古代中国，重视经典文献。这从当时派遣到北京来的哈燕社的留学生那里也能看得很清楚，如魏鲁男的专长是魏晋佛教，顾立雅主要从事中国上古史和哲学史的研究，西克曼专攻中国艺术史，卜德则潜心研究中国思想史。总体来说，由哈佛燕京学社派来的留学生基本以古代中国作为研究对象，采用的依然还是传统汉学亦即文献考证的方法。他们对于近现代中国的事情只是一般关心，并不纳入自己的研究领域。他们的老师、哈燕社首任社长叶理绥（Serge Elisséeff，1889—1975）甚至非常极端地认为，1793 年以后的中国不能构成真正的学术研究的对象，顶多只能属于新闻学的范围。与这种“厚古薄今”的倾向不同，费正清将自己的课题锁定在近代中国沿海的贸易和外交，其研究在历史学之外又特别注重使用社会学、经济学等多学科交叉的方法。所有这些使费正清显得与众不同。他两次申请哈佛燕京学社奖学金都被拒绝是不奇怪的，这一经历也使费正清清楚地认识到，1930 年代“美国人研究中国问题存在两大阵营：一个是哈佛燕京学社，它资金雄厚，并真诚地遵从欧洲的模式；另一个是更富有本土色彩的美国阵营，较为分散，基本上没有资金支持。”（英文版《回忆录》第 99 页）费正清日后全力以赴将要做的就是募集资金发展美国阵营，并在方法论上建立具有美国特色的中国学。1955 年他在哈佛大学倡导建立东亚研究中心来与哈佛燕京学社分庭抗礼，就是这一努力的一个集中体现。费正清在北京的两次失败经历对他日后决心另起炉灶显然产生了不容低估的心理影响。

在蒋廷黻的帮助下，费正清度过了 1933 年的经济危机，1934 年他获得了哈佛大学研究生院和美国学术团体理事会的资助，不必再为生计奔波，可以安心地撰写论文了。1935 年底费正清完成论文写作后离开北京前往牛津答辩，1936 年 4 月他顺利通过答辩并获得博士学位，结束了早年的求学之路。

《中华读书报》2017 年 3 月 1 日

# 美国第一位女汉学家

1928年2月孙念礼（Nancy Lee Swann，1881—1966）将论文《班昭传》（*Pan Chao, Foremost Woman Scholar of China*）提交给哥伦比亚大学，通过答辩获得博士学位，成为美国第一位科班出身的女汉学家。孙的导师是以研究中国印刷术闻名世界的卡特（Thomas F. Carter），可惜1925年就英年早逝，看不到自己的学生戴上博士帽了。

班昭（约45—约117）是东汉著名才女，班彪之女，班固、班超之妹。因嫁曹世叔，后世常称她为曹大姑。班昭生平事迹的主要材料见于《后汉书·列女传》："扶风曹世叔妻者，同郡班彪之女也，名昭，字惠班，一名姬。博学高才。世叔早卒，有节行法度。兄固著《汉书》，其八表及《天文志》未及竟而卒，和帝诏昭就东观藏书阁踵而成之。帝数召入宫，令皇后诸贵人师事焉，号曰'大家'。每有贡献异物，辄诏大家作赋颂。及邓太后临朝，与闻政事。以出入之勤，特封子成关内侯，官至齐相。时《汉书》始出，多未能通者，同郡马融伏于阁下，从昭受读，后又诏融兄续继昭成之。永初中，太后兄大将军邓骘以母忧，上书乞身，太后不欲许，以问昭。昭因上疏曰：……太后从而许之。于是骘等各还里第焉。作《女诫》七篇，有助内训。其辞曰：……马融善之，令妻女习焉。昭女妹曹丰生，亦有才惠，为书以难之，辞有可观。昭年七十余卒，皇太后素服举哀，使者监护丧事。所著赋、颂、铭、诔、问、注、哀辞、书、论、上疏、遗令，凡十六篇。子妇丁氏为撰集之，又作《大家赞》焉。”清人章学诚认为班昭一生的文字事功“可谓旷千古之所无矣”(《文史通义·妇学》)。

班昭本是有文集的，《隋书·经籍志》著录有《曹大家集》三卷，可惜唐初就散佚了。所以孙念礼要完成博士论文，第一步的工作就是收集班昭《上邓太后疏》和《女诫》之外的其他所有作品。经过查询，她在《后汉书·班超传》中找到了《为兄超求代疏》，在《昭明文选》中找到了《东征赋》，在《艺文类聚》中找到了《大雀赋》，在《太平御览》中找到了《针缕赋》，在《文选》李善注中找到《蝉赋》的少量佚文，并把它们首次翻译成了英文。《汉书》中的八表及《天文志》虽然经班昭之手而得以完成，但她的编写到底占多大比例，并没有明确的记载，因此孙念礼在《班昭传》中没有把它们当作班昭独立的作品而加以翻译。在翻译的基础上，他对班昭所处的时代和所取得的文

孙念礼

学成就做了综合研究。

论文经过修订后于1932年在美国出版。出版后受到国际汉学界的欢迎。恒慕义（Arthur W. Hummel）在书评中写道："该书不仅向我们展示了中国古代一位才女的创作，也生动地描绘了她那个时代的社会和思想状况。"（载 *The American Historical Review* 1933年第3期）谢理雅（J. K. Shryock）也指出："《班昭传》写得很出色，不仅是作者本人的荣耀，也是美国汉学界的荣耀。"（载 *Journal of the American Oriental Society* 1933年第1期）他进而认为美国历史学会（American Historical Association）赞助这本书的出版是十分明智的决定。

《班昭传》出版后，也受到中国学者的关注。《燕京学报》第22期（1937年出版）《国内学术界消息》一栏中发表了齐思和的书评，对全书的内容和价值有比较详细的介绍："此书于曹大家之生平事迹著作，搜集略备。……女士此书共分四卷十二章，首有序言，末附译文表及全书引得。首卷述大家之时代，略论当时之政治与思想背景，次卷述班氏之家世及大家生平事迹，大抵本《汉书·叙传》

及大家本传，三卷论大家之文学作品，大部为《女诫》《东征》等赋、上疏等译文，并论大家与《汉书》之关系，末卷则综论大家之道德哲学，人生观，文学造诣，都约八万言。全书大体考证精密，议论平允，足征作者于汉学造诣之深及其用力之劬。现今西人研究汉学风气多注重上古与近世，两汉之史，治者尚少，作者自谓本书所论，多系未经前人探讨之新域，自西洋汉学言之，固非夸语也。”齐思和指出《班昭传》在西方汉代史研究方面的开拓作用，是非常具有学术眼光的评论。

在初版问世 70 年后，《班昭传》作为“密歇根中国研究经典丛书”（*Michigan Classics in Chinese Studies*）的一种由密歇根大学中国研究中心于 2001 年再版。著名汉学家曼素恩（Susan Mann）在重版前言中充分肯定了这本书的学术价值，特别是从当下后现代主义和女权主义的视角来看，价值尤为凸显。她认为孙念礼在 20 世纪初期就注意到了中国历史上的女性，是超越了自己所处时代的。确实，《班昭传》不仅在西方汉代史研究方面是个突破，在中国妇女史研究方面也是一个突破。

在《班昭传》写作和修改的过程中，孙念礼还将和熹邓皇后（邓绥，81—121）的传（载《后汉书 · 皇后纪上》）翻译成了英文（Biography of the Empress Teng），发表于 1931 年第 2 期的《美国东方学会会刊》。邓绥是东汉和帝刘肇（88—106 在位）的皇妃，永元十四年（102 年）

冬被立为皇后，和帝于元兴元年冬十二月（106 年初）去世后，邓皇后迅速进入政治权力的中心，直到去世，实际掌握朝政的时间达 16 年之久，是中国历史上第一个垂帘听政的太后。孙翻译邓皇后的传记，一方面固然因为她是影响东汉历史的重要人物，而另一方面则因为她是班昭的学生，传记中说邓绥“自入宫掖，从曹大家受经书，兼天文、算数”。英译《和熹邓皇后传》发表于 1931 年，比《班昭传》早一年，是孙最早的出版物。

博士毕业后，孙念礼加盟加拿大的麦吉尔大学，成为该校葛思德图书馆馆长。图书馆的创建人葛思德（Guion M. Gest）是一位美国商人，20 世纪初他在北京友人义理寿（Irvin V. G. Gillis）的帮助下，在中国购买了大量珍贵书籍。到 1926 年时，购书总量已达 232 种，8000 册，存放立刻成为一个问题，而且购买还在继续。葛思德的公司在加拿大蒙特利尔有一家办事处，和当地的麦吉尔大学经常打交道。经过协商，麦吉尔大学同意为这批中文书建立一个专藏，并于 1926 年初对外开放。葛思德图书馆的第一任馆长 Robert de Résillac-Roese 被麦大聘任后，中文能力不足的问题逐渐暴露出来，并影响工作的正常开展。于是麦吉尔大学于 1928 年初聘请了刚刚获得博士学位的孙念礼为助理。1931 年，孙念礼升任馆长，并担任这一职务直至 1948 年，前后共 17 年之久。

这 17 年当中发生的最大变动是葛思德图书馆从加

拿大移师美国。1930年代美国遭遇空前的经济危机，葛思德公司深受影响，到1936年时葛思德开始考虑转手这批藏书，但麦吉尔大学无力收购，一番周折之后这批珍贵的文献于1937年落户位于美国普林斯顿的高等研究院（Institute for Advanced Study）。孙念礼跟随这批藏书回到了自己的祖国。1948年高等研究院将这批藏书转让给邻居普林斯顿大学，但这次孙念礼没有跟着这批文献一起搬家，年届67岁的她就此退休了。接任她的是不久后来到美国的胡适，胡成为葛思德图书馆的第三任馆长（详见本书《胡适与葛思德图书馆》一文）。

孙念礼在担任馆长期间，一方面对已有的书籍进行整理编目，另一方面积极协助葛思德、义理寿购买新的书籍。1931年她接任馆长时图书总量是7万5千册，到1936年则猛增至10万册。后来虽然由于经济问题不再购买，但10万册中文藏书也已经洋洋大观，数量之多仅次于美国国会、哈佛大学、哥伦比亚大学的中文藏书。

孙念礼在公务之余没有忘记自己的学术研究，沿着早年的兴趣，她逐渐将精力集中到对汉代经济史的研究。她后期的代表作是将《汉书·食货志》及相关文献译成英文，并做了详细的注释，1950年以 *Food and Money in Ancient China* 为题由普林斯顿大学出版社出版。该书面世后受到广泛的好评。杨联陞在同年12月《哈佛亚洲学报》的书评中盛赞该书是一部翻译杰作，“大大提升了西方世界对于中国经济史的认识”。胡适还专门为该书题写了中文书名。两位学者在孙翻译的过程中都曾给予过不少帮助。孙念礼将这本书献给了葛思德，葛氏于1948年去世。同年为了感谢孙念礼长期以来为葛图书馆所做的贡献，高等研究院在孙退休之际决定拨款3000美元资助她的翻译和研究工作。签字批准这笔经费的是时任院长的奥本海默（J. Robert Oppenheimer）—— 美国“原子弹之父”。

孙念礼一生致力于汉学研究，结识了不少中国师友。后期主要是胡适、杨联陞。早期则有冯友兰、顾颉刚、杜联喆等，1920年代孙在北京留学期间曾多次向这几位学者请教。另外一个她多次致谢的友人是江亢虎。江亢虎（1883—1954）是近代中国著名的政治活动家，早年倡导社会主义，曾建立并领导“中国社会党”，后来跟随汪精卫堕落为汉奸。他同时又是学问家，中英文俱佳，1913—1920年曾在美国加州大学教授中国文化，1930—1934年又执教麦吉尔大学。孙念礼在修改《班昭传》时曾就近向江亢虎请教，小叩大鸣，得到不少指点。1932年《班昭传》出版时江应孙之请题写了中文书名——《曹大家文征》。这个书名相当文雅，但考虑到该书并不只是将班昭的传世文章进行翻译，还有大量的研究，所以本文使用《班昭传》作为书名的中译——这也是齐思和书评中所用的书名。

《中华读书报》2013年8月7日

# 普林斯顿大学早期的中国学家

位于新泽西州的普林斯顿大学是美国的一所著名学府，近年来多次在美国大学排行榜中高居首位。普林斯顿大学的中国研究虽然很难说是全美第一，但无疑是实力雄厚的重镇，与整个学校的水准相一致。普大今日的成就离不开以往一代代学人的努力，就中国研究而言更是如此。

普林斯顿大学的汉语教学开始于 1930 年代，第一位老师是 Robert K. Reischauer，其兄是日后以研究日本著称的赖绍华（Edwin O. Reischauer）。Robert 本人对日本也颇有研究，但不幸早亡。1937 年夏天他在上海旅行时正值日本侵华，在一次中日冲突中被误伤致死。接替他位置的是饶大卫（David N. Rowe），饶本科毕业于普林斯顿大学，后来在哈佛大学获得了博士学位，但在母校教了几年后就跳槽去了耶鲁大学。此后由于二战以及其他原因普大始终没有一位在岗的全职中文教师，直到 1956 年秋牟复礼

（Frederick W. Mote）的到来才结束了这一局面。

牟复礼与中国结缘很大程度是由于二战。1942 年底，由于战争形势的发展，20 岁的牟复礼离开刚刚上了一年的大学，应征入伍。当时美国军方急需中文人才，牟复礼被选中派到哈佛大学接受了为期一年的培训。1945 到 1946 年他作为美国战略情报局（中情局前身）官员在中国工作了一年，这一年当中不仅在昆明、上海、北平和国民党打过交道，而且也在献县、张家口和共产党有过接触。战争结束后牟复礼本来可以去哈佛继续学习，但是他选择了就读位于南京的金陵大学，并于 1948 年获得了学士学位。返回美国后他于 1954 年获得了西雅图华盛顿大学的博士学位，逐步成为一位明史专家。从 1956 年加盟普林斯顿大学到 1987 年退休，牟氏一直是推动普大中文教学和研究的关键人物，地位堪比哈佛的费正清（John K. Fairbank）。

在饶大卫和牟复礼一去一来的十几年间，普林斯顿大学的中国研究也没有完全停顿，这得力于三位学者的努力。第一位是 George Rowley，他是研究意大利文艺复兴时期绘画的专家，但在 1930 年代开始对中国发生兴趣，并无师自通地研究起中国绘画史，从此直到 1960 年退休，一直坚持同时教授意大利和中国绘画史。Rowley 教授在中国绘画史方面只培养过一位博士生，但此人十分了得，足以以一当十，他就是后来美术史界无人不知的方闻（1958 年毕业后一直执教于普大艺术与建筑学系，1992 年当选为台湾“中研院”院士）。第二位是政治学系的 William W. Lockwood，他生于上海，其父是基督教青年会的干事，所以从小就能说一些汉语。Lockwood 二战前夕进入政治学系工作，二战中被借调到美国空军，战后回到普林斯顿继续执教。他所开设的有关东亚政治的课程涉及近代中国的历史、政治和经济问题，一直作为了解东亚的入门课而深受学生的欢迎。第三位学者是 Marion J. Levy, 1947 年从哈佛获得博士学位后执教于普林斯顿大学社会学系，他的博士论文《现代中国的家庭革命》于两年后出版。不难想见，Levy 的到来使普林斯顿大学又多了一位可以教一些与中国有关课程的专家。

“三驾马车”的工作虽然不无成效，但毕竟有限。牟复礼需要做的事情很多。首要的就是恢复常规的汉语教学，并使之成为一门学分课程。牟复礼来普林斯顿大学之前，汉语一直是根据学生的要求来开设，而每年有这样要求的也就是 2—3 名学生，由于不算学分，这三三两两的学生往往满足于一知半解，缺乏继续钻研的劲头。在汉语教学正规化以后，牟复礼要做的就是建立中文本科和研究生教学体系。经过几年的努力，这一体系推出了首批毕业生，虽然只有本科生一人（1961 年），研究生 2 人（1967 年），但无疑建立了一个重要的起点。最早的研究生之一陈学霖后来成为国际知名的元史专家。

一个好汉三个帮，牟复礼来普林斯顿大学后的另外一件重要的事情就是增添人手。1958 年正好有进人指标，牟复礼向同事推荐了陈大端。陈大端当时在印第安纳大学撰写有关清史的博士论文并且同时教授汉语，此前曾长期在北京生活学习，会讲标准的普通话。这些条件都很理想，陈大端顺利地通过了考核并于第二年 9 月正式到普林斯顿大学报到。有意思的是，牟复礼在推荐陈大端的时候并没有避讳他和陈大端的一层特殊关系：金陵大学时代的同学。这样一层关系显然比光看履历和面试更能深入地了解一个人，牟复礼“举贤不避亲”产生了好的效果，此后的事实证明陈大端不仅科研能力很强，同时也是一位难得的汉语教学高手。

在陈大端之后，又有几位高手被引进到普林斯顿大学。1961 年高友工的加盟填补了中国文学研究方面的空白。名师出高徒，日后以研究明清小说，特别是“奇书文体”著名的浦安迪（Andrew H. Plaks）就出自高门。浦氏于 1973 年博士毕业后留在了老师身边。1965 年刘子健的加入打下了宋史研究的根基，而 1971 年 Willard Peterson 的到来则使中国思想史的研究上了一个很大的台阶。

普林斯顿大学的中国研究自 1930 年代起一直隶属于东方学系，随着学科和人员的扩大，1969 年东方学系一分为二，成立近东学系和东亚学系，中国研究作为东亚学系的主导学科，终于获得了自己应有的位置。

中国研究的基础是汉语教学，普大人不仅研究做得好，基础教学也搞得有声有色，远近闻名。牟复礼在哈佛时就打下了很好的汉语基础，当时主持中文教学的是赵元任，使用的是赵元任专门为这批军事学员编写的教材《国语初步》( *Mandarin Primer* )。牟复礼到了普林斯顿大学以后就把赵元任的教材和教学法移植了过来，但这套体系由于太复杂不久就被放弃了。1959 年陈大端全面接手汉语教学工作后，开始探索一种更为简便有效的教学体系，并编写出了包括《中文入门》( *Chinese Primer* ) 在内的一系列教材。他始终坚持把中文作为一种活用的语言，而不仅仅是书面语进行教授，所以他教出来的学生个个口语流利，让其他学校的毕业生又羡又妒。

1960 年代卡耐基基金会将汉语等几种战略性语言培训的项目建立在普林斯顿大学，正是基于普林斯顿大学原有的良好基础。这个项目带来了美国其他高校对中国有兴趣的本科生，他们在普林斯顿大学不仅得到了为期一年的密集语言培训，还获得了一些基础的专业知识。培训生中最值得一提的是罗兹曼 ( Gilbert Rozman )。他参加完 1963—1964 年度的培训后又回到了自己的学校，但毕业后毫不犹豫地选择到普林斯顿大学读研究生，他后来在社会学方面成就卓著，所主编的《中国的现代化》( *The Modernization of China* ) 一书有中文版。除了为期一年的培训外，牟复礼和陈大端还于 1966 年开办了暑期中文培训项目。项目采用的还是普林斯顿大学中文教学一贯的三原则：大量的口语训练，通过口语教授阅读，通过白话文教授古汉语。这一项目在普林斯顿大学一直办到 1993 年，后移师北京，始终备受美国学生青睐，几乎从一开始就成为一个著名品牌。

面对这些成功，普林斯顿大学学人并不满足，他们不仅要教好汉语，还要对汉语本体进行深入的研究，并且要把两者结合起来，为此普林斯顿大学学人在福特基金会的资助下于 1966 年建立了“中国语言学项目”（Chinese Lingustics Project）。这一项目通过举办讲座、研讨会，出版教材和论文集等多种形式大大推动了本学科的发展。在项目早期，赵元任、李方桂、梅祖麟等著名语言学家都曾积极参与，1967—1972 年还不定期地出版名为《麒麟》的学术通讯。这一至今仍很活跃的项目使普林斯顿大学一直引领着美国汉语研究的潮流。

只要说到普林斯顿大学的中国研究，就不能不提它的中文藏书，后者的名气也许还更大一些。最早的一批中文藏书就是举世闻名的“葛思德珍本”（Gest Rare Book Collection），约 10 万册。这批珍贵的文献于 1937 年落户普林斯顿大学，并最终于 1948 年正式归属普大。普林斯顿大学学人当然不能只守着宝藏而不去开采，对于早期的学者们来说，葛思德珍本的存在是说服校方发展中国研究最好和最大的理由。

这样的特藏当然必须请专家来管理。1950—1952 年旅居美国的胡适曾担任过葛思德图书馆的馆长。胡适虽然当馆长的时间不长，但对普大很有感情，后来曾把私藏的全套伪满本《清实录》赠送给了普林斯顿大学。胡适离开后，馆长一职由童世纲接替，一直担任到1977年退休。童世纲是图书馆学系科班出身，来普林斯顿大学前曾在哈佛燕京学社从事图书馆工作。凭借丰富的知识经验和高度的工作热情，童世纲在25年的任期内大大扩充了普林斯顿大学的中文藏书，使其总量仅次于国会和哈佛大学而名列全美第三。在扩充的过程中，明代史料的收集被摆在了优先的位置，这当然和牟复礼个人的研究兴趣有一定的关系，但更重要的是他1970年代开始组织剑桥中国明代史的写作，需要图书资料作为坚强后盾。明史卷出版后受到国际学术界的广泛好评，普林斯顿大学丰富的明史资料可谓功不可没。

葛思德图书馆藏书中大有来头的为数不少，是研究东亚印刷文化和书籍史的绝好材料，普林斯顿大学学人一直想创办一份以此为对象的刊物，这一愿望最终落实为《葛思德图书馆馆刊》(*Gest Library Journal*，后改名为 *East Asian Library Journal*)，第一期于1986年冬问世。这份刊物作为普林斯顿大学早期中国研究的一部分，是绝不能被忽略的。

《中华读书报》2013年1月2日

# 顾立雅与中国学人的交往

顾立雅（Herrlee Glessner Creel，1905—1994）是 20 世纪美国最著名的汉学家之一。他去世后芮效卫（David T. Roy）在讣文中这样评价老师的一生："他的去世标志着一个时代的结束。他是早期中国文明研究的大师，美国汉学界公认的元老。他将芝加哥大学建设成为东亚研究的重镇。他在早期中国文明这一重要学术领域所产生的重大影响，在汉学史上罕有其匹。"（*"Herrlee Glessner Creel", The Journal of Asian Studies,* Vol. 53, No. 4, p. 1356.）另一位学生钱存训在纪念文章中称顾立雅为"美国学术界最早对中国语言和文化作精深研究的一位启蒙大师，也是西方研究中国古代史的权威汉学家"（《美国汉学家顾立雅教授》,《文献》1997 年第 3 期，第 243 页）。顾立雅一生与中国学人交往密切，特别是早年求学的时代。

# 一

顾立雅在北京留学期间（1932—1936）曾向众多中国学者请教，从1936年出版的《中国之诞生》（*The Birth of China*）一书的致谢名单中可以看到如下学者的名字：傅斯年、李济、董作宾、梁思永、郭宝钧、徐中舒、陈寅恪、顾颉刚、容庚、孙海波、唐兰、汤用彤、袁同礼。此外他和杨树达、钱穆等也有所交往。杨树达1934年9月7日日记写道："刘子植（节）招饮。遇美国人顾立雅，能操中语。"（《积微翁回忆录》，北京大学出版社2007年版，第61页）在所有中国学者中，顾立雅最感谢的是他在哈佛大学的老师梅光迪。正是依靠梅光迪的介绍和推荐，顾立雅才得以结识这些在北京的中国一流学者。

梅光迪（字迪生，又字覲庄）1890年生于安徽宣城，早年求学于安徽高等学堂、上海复旦公学。1909年考入清华留美预备学校，两年后赴美入位于麦迪逊的威斯康星大学学习（1911—1913），后转入芝加哥的西北大学研读（1913—1915），获硕士学位。1915年9月入哈佛大学继续深造（至1919年），在哈佛期间曾与胡适频繁通信讨论白话文学问题。1919年回国后执教于南开大学（1919—1920）。1920—1924年梅光迪在南京高师英语系（后东南大学西洋文学系）执教，任教授、系主任，其间与吴宓、刘伯明、柳诒徵等创办思想文化批评杂志《学衡》。

1924—1936 年，梅光迪在哈佛大学教授中文，并帮助筹建中文图书馆（1932 年曾短期回国执教于南京中央大学）。1936 年从哈佛回国后执教于浙江大学，抗战爆发后随浙大一路迁移直至贵州。1945 年底因病在贵阳去世。

梅光迪是顾立雅在哈佛进修（1930—1932）时的中文老师，曾经给顾很多的指导和帮助。顾立雅晚年回忆说："刚到哈佛时，我很期盼跟随梅先生学习中国的传统学问，但他当初并没有把我放在眼里，第一个月的课让我仿佛坠入五里雾中。一个月结束的时候，他对我说：'好，你坚持下来了，现在让我们开始学习吧。'在接下来的两年中，我在他的指导下阅读了大量文献，速度之快让我筋疲力尽。"（*"On the Birth of The Birth of China", Early China* 12, p. 2.）但这无疑为顾立雅打下了良好的文献基础。

进修期间顾立雅撰写了《孔子与荀子》（*Confucius and Hsun-Tzu*）、《孔子是不可知论者吗？》（*Was Confucius Agnostic?*）二文，发表时他特别说明梅光迪曾帮助疏通字句，通读初稿并给出修订的意见。此后两人一直保持着联系。1945 年梅光迪去世后，顾立雅专门写了一篇纪念文章《梅迪生——君子儒》，并以中文的形式发表在《思想与时代》第 46 期（1948 年）上，其中有一段是这样写的："他而且宽宏大度，当一九三二年我到中国去，他带着家小从南京到上海来迎接，同我在海船上晤面，以后便介绍我认识了南京方面许多学者，又写了好几封信给我，得有机会和北平的通儒见面。”由此可以知道，1932 年顾立雅前往中国之前几个星期，梅光迪刚好短暂回国执教于南京中央大学。梅不仅亲自去上海迎接顾，而且还将他介绍给自己在南京的朋友。在顾立雅北上时又写了若干介绍信，让顾得以更快地和北京的学术界取得联系。

顾立雅在北京期间最主要的指导者是刘节。刘节（1901—1977）号子植，浙江永嘉人。1928 年从清华大学国学院毕业后到天津大学任讲师，1930 年任河南大学文学院教授，1931 年任北京图书馆金石部主任，1935 年到燕京大学任教。抗日战争爆发后他曾在上海大夏大学、宜山浙江大学任教，后又到成都金陵大学文化研究所工作。1946 年他到广州中山大学任教，直到 1977 年去世。刘节是研究先秦史的著名学者，在古文字、古地理、史学史等领域均颇有建树和影响。顾立雅跟随刘节主要是研修金文，前后有两年时间。他在写于北京的一篇英文论文中特别向刘节致敬：“刘先生是北京图书馆金石部主任，是屈指可数的金文专家。在最近的两年中，每周我们都讨论两次，每次他都以渊博的学识给予我指教，而从不索取任何回报。我想借此机会向他致以深深的

顾立雅

谢意。”（*“Bronze Inscriptions of the Western Chou Dynasty as Historical Documents”, Journal of the American Oriental Society*, Vol. 56, No. 3, p. 335.）

顾立雅在北京期间还得到过古文字学家孙海波的帮助，在他撰写《释天》一文时，孙海波将自己尚未出版的《甲骨文编》手稿（后于1934年由燕京大学出版）借给他参考，使他立刻获得了两条重要信息：“甲骨文中有天字。其字共见十二次。”（《燕京学报》第18期，第60页。）

顾立雅留学期间曾多次前往安阳等地进行实地考察。他到北京不久就结识了董作宾、李济、梁思永等学者，而他们正是安阳考古挖掘的主要领导人，这无疑为顾的考察提供了诸多便利。顾立雅特别有幸参观了1935年春第十一次挖掘——侯家庄西北岗第二次挖掘，这次被李济称为“我们田野工作的高潮”的挖掘持续了97天（1935年3月10日至6月15日），其间吸引了不少学者来参观，包括由傅斯年陪同前来的著名法国汉学家伯希和（Paul Pelliot）。顾立雅是1935年5月去侯家庄的，主持这次田野工作的梁思永热情地接待了他，并向他解释挖掘出来的头骨的特点，顾立雅由此得出这样的结论：“现有的证据表明，从新石器时代到现在，生活在北方的中国人属于同一个人种，从他们的头骨看不出任何其他人种对这一地区的入侵。”（《中国之诞生》英文版第51页。）离开安阳后，顾立雅又到了开封，参观濬县出土的周代文物。1932—

1933年，在郭宝钧的主持下，河南省考古队对濬县辛村卫国墓葬进行了两次挖掘，这是我国首次发掘周代墓葬。郭宝钧的发掘报告直到1936年才发表（题为《濬县辛村古残墓之清理》），但在顾立雅去参观时毫无保留地将自己的发现和见解和盘托出，让顾立雅获益匪浅。中国学者给予顾立雅的无私帮助是中美学术交流史的佳话。

## 二

作为哈佛燕京学社派遣的留学生，顾立雅和燕京大学的不少学者都有交往，其中与顾颉刚的关系颇为密切。《顾颉刚日记》中多次提到顾立雅，仅1935年就有十次之多：

1935年1月6日：点顾立雅文，未毕。

1935年2月26日：看顾立雅所作《释天》一文。……写顾立雅信。

1935年6月3日：访顾立雅，亦遇之。

1935年6月17日：到顾立雅处，晤之。……天津女师齐院长来平聘教员，予因以四人荐：闻在宥（国文）、蒙文通（中国史）、顾立雅（西洋史）、顾立雅夫人（音乐）。

1935年7月13日：今午同席：顾立雅夫妇、寇恩慈女士、煨莲、予、元胎、八爰（以上客）、希白夫妇（主）。

1935年10月4日：顾立雅来。

1935年10月5日：写齐璧亭快信，为顾立雅事。

1935年10月14日：顾立雅来。

1935年11月3日：到于思泊，王姨母，福开森，顾立雅四家，均遇之。

1935年11月22日：到顾立雅处，晤其夫人。

从日记中可以得知，顾立雅的《释天》一文是经过顾颉刚审阅后发表于《燕京学报》第18期（1935年12月出版）的。另外，顾颉刚曾推荐顾立雅夫妇去天津任教，但未果，主要原因应该是顾立雅1935年下半年正忙于写作《中国之诞生》一书。

顾立雅在北京的1930年代正是中国学术的黄金时代，他亲身感受到了古史辨派的巨大影响，作为该派领袖的顾颉刚成为他经常引用的对象。如在《原道字与彝字之哲学意义》（载1933年《学衡》第79期）中，他一开始就引用了顾颉刚关于《尚书》二十八篇中只有十三篇可信的观点，这个观点见诸顾颉刚《论今文尚书著作时代书》一文，顾颉刚将《尚书》二十八篇分为三组，认为只有第一组十三篇“在思想上，在文字上，都可信为真”。这十三篇是:《盘庚》《大诰》《康诰》《酒诰》《梓材》《召诰》《洛诰》《多士》《多方》《吕刑》《文侯之命》《费誓》《秦誓》（《古史辨》第一册，第 201 页）。后来顾颉刚的观点又发生变化，顾立雅有幸亲耳聆听，并记在《释天》一文中："《古史辨》第一集顾颉刚先生谓《盘庚》为商书中之唯一可信者，至于近年，顾氏之意见已与前日不同。顾氏曾与余言，《盘庚》乃周初人所作，至东周以后曾经学者所修改，则《盘庚》亦非商代文字。" （《燕京学报》第 18 期，第 63 页。）

关于顾立雅和顾颉刚的交往，海伦·斯诺（Helen F. Snow，埃德加·斯诺夫人）的回忆录中有这样的记载："顾立雅对古代和孔子十分崇拜。我记得有一天，我请他和顾颉刚一块吃午饭，因而引起一场激烈的争论。……顾颉刚这个批判性的学者是我们在中国结交的最有吸引力的朋友之一，他的思想诚实正直进步——这在中国尤其罕见。"（《旅华岁月》，华谊译，世界知识出版社 1985 年版，第 86 页。）顾颉刚对中国古代文化的批判态度显然是他和顾立雅争论的焦点，但学术观点上的争论并不妨碍他们之间的友谊。

## 三

虽然现在已经难以考证当年梅光迪的介绍信都写给了哪些北京学人，但其中之一一定是他的老朋友吴宓。1921

年吴宓从哈佛回国后任教于南京东南大学，曾和梅光迪等人一起创办《学衡》。1924 年吴宓离开南京赴沈阳，执教于东北大学。1925 年清华学校改办清华大学后，吴宓很快来到北京，出任清华大学国学研究院主任。此后直到抗战爆发，他一直是北京学术界的活跃人物。

1932 年顾立雅到北京后不久，吴宓就在他主持的《大公报·文学副刊》（9 月 26 日）上发表了《顾立雅论中国人之宇宙观》一文，热情地评介顾立雅的第一部著作——《中国人的世界观》（*Sinism: A Study of the Evolution of the Chinese World-View*，1929 年出版）："顾君以为中国古人，在佛教未传入及未受任何外国影响之前，已自有其特殊之宇宙观。此可称为'中国教'或'中国人之精神'，顾君特造'Sinism'一字以名之。此种宇宙观，乃古代中国农村生活经济之产物。其视宇宙乃和谐而有规律之整体，人为宇宙之一部，故人生亦和谐而有规律之整体。宇宙与人生，实谐和一致而互相影响者。然宇宙人生皆非静止而运行不息，宇宙人生乃是一种历程而非一个境界，长久进化以企于无穷。故宇宙人生至善之'和'，乃如一机器之各部协调按照规律而运行工作。以是，阴阳之外更有五'行'，而宇宙之本原及人生之究竟曰'道'。道即自然之法则，亦即天理天运天命。人能行道，即与宇宙和谐而完成其在宇宙中一部分之职务，即得幸福。惟自实际人生言之，社会亦宇宙之一部，故社会亦为通体和谐而按照规律运行不息之一大组织。其组织如纲在网，如臂使指，封建实本此意。而帝王为社会之中心，王者之职务厥为行道，即整理人事使与宇宙之运行相因应而共和谐是也。又农民多守旧，故众咸信古之王者实有顺天理而能行道者。以上乃中国古人共具之观念。而孔子、老子、墨子之教所从出之源泉也。”吴宓认为顾书的价值不仅在于考据，更在于义理，因为“西人论述中国事，不难于材料之搜罗普遍，而难于义理之体会精微”。所以伯希和等法国学者的考据虽然可贵，但在吴宓看来，更可贵的是像顾立雅那样把考据与义理结合起来，以一种了解与同情的态度来研究中国文化的真相。伯希和是当时西方汉学界的领袖，而顾立雅才是一个初出茅庐的年轻人。吴宓的评价虽有溢美之嫌，但顾立雅的汉学研究才华在早年已显露无遗，加上四年北京时期的学术淬炼，他成为美国和西方汉学的领军人物只是时间的问题了。

《中华读书报》2016 年 3 月 16 日

# 胡适与葛思德图书馆

众所周知，胡适在1950年代担任过美国普林斯顿大学葛思德图书馆馆长。但可能很少有人知道，他在这段时间曾经写过两篇相关的英文文章，一篇是*My Early Association with the Gest Oriental Library*（载*Green Pyne Leaf,* 1951年第6期），另一篇是*The Gest Oriental Library at Princeton University*（载*The Princeton University Library Chronicle,* 1954年第3期）。最近出版的《胡适英文文存》（一）（外语教学与研究出版社，2012年3月）收入了这两篇文章，使我们得以更好地了解这个图书馆的早期历史以及胡适和它的因缘。

图书馆的创建人葛思德（Guion M. Gest，1864—1948）是一位美国商人，1914年在纽约创办了一家以他的名字命名的建筑工程公司。随着业务的扩大，葛思德在1920年代多次来到中国，并结识了美国驻华使馆海军武官义理寿（Irvin V. G. Gillis，1875—1948）。义理寿后来辞去了公职，专门帮助葛思德购买书籍，完全可以看作是图书馆的另一位创建人。

葛思德患有绿内障（青光眼），在美国和欧洲多次寻医问药，但效果不佳，一直饱受痛苦。在北京使馆结识义理寿后，义氏建议他试试中医，并推荐了“马应龙定州眼药”。马应龙眼药始创于明万历年间，创始人马金堂是河北定州人，起初叫“八宝眼药”，清乾隆年间马金堂的后人马应龙将“八宝眼药”定名为“马应龙定州眼药”，从此遐迩闻名。民国初年北京有不少店家靠卖这一种眼药就足以维持门市。葛思德一试之下，发现效果果然不错，虽然没有完全根治他的青光眼，但大大缓解了病症。这让葛思德对中医产生了极大的好感和兴趣，于是他给了义理寿一笔钱，让他公务之余收购有关中医中药的书籍，葛思德图书馆的第一批书籍由此而来。

在义理寿的建议和参谋下，葛思德对中文书籍的兴趣逐渐扩大，投入的资金也越来越多，到 1926 年时，购书总量已达 232 种，8000 册，存放立刻成为一个问题，而且购买还在继续。葛思德的公司在加拿大蒙特利尔有一家办事处，和当地的麦吉尔大学经常打交道。经过协商，麦吉尔大学同意为这批中文书建立一个专藏，并于 1926 年 2 月 13 日对外开放。此后经义理寿之手各种书籍源源不断地从北京运往麦吉尔，到 1931 年总量已达 7 万 5 千册，到1936年则猛增至10万册。

1930年代美国遭遇空前的经济危机，葛思德公司深受影响，到1936年时葛思德开始考虑转手这批藏书，但麦吉尔大学无力收购，一番周折之后这批珍贵的文献于1937年落户普林斯顿大学，并最终于1948年正式归属普林斯顿大学，同年葛思德与义理寿相继去世，这批书籍的最终归属应该足以让两位创始人安心地离去。葛思德藏书加上普林斯顿大学原有的约3万册中文图书，使普大一跃成为与美国国会、哈佛大学、哥伦比亚大学并肩的中国学文献中心。

1946年，在欧美搜求珍稀中文文献的著名学者王重民应邀访问普林斯顿大学，在查阅了葛思德图书馆大约1/3的藏书后，他惊讶地发现经部中有70%的版本是美国国会图书馆或北平图书馆所没有的，而集部中则有50%的版本是另外两家没有的。仅此两个数字就足以证明葛思德藏书的质量和价值了。

如此大量中文珍本的汇聚，完全是义理寿的功劳。义氏虽然行伍出身，但是精通汉语，又娶了一位满族女子做太太，加上购买的过程本身也是学习的过程，义理寿在这一过程中逐渐成长为一名相当专业的版本目录学家，虽然他从来没有受过这方面的专门训练。同时义理寿又具有商人的精明，知道如何把钱花在刀刃上。他不和中、日书商争购宋版书，而是把主要精力放在了明版上，其中标点本佛经（1399 年刻本）、朱载堉《乐律全书》（1599 年刻本）、钱谦益《初学集》（1643 年刻本）最能显示义理寿的眼光。在清版书中，义理寿相当看好武英殿聚珍版丛书，这套丛书共 138 种，原版刊刻时间前后相距 30 年，每种印量大约不超过 300 册，所以要凑成一套绝非易事，近代藏书家缪荃孙经过一生寻觅才实现了这一宏愿。义理寿在果断地买下艺风老人这一套后，又四方寻求，凑足了另外 3 套（包括替哈佛燕京学社代购的 1 套），在当时全世界仅有的 5 套中独占 4 套（另有 1 套藏于故宫），完成了一项几乎无法完成的工作。除了眼光、经验、生意经之外，义理寿也不缺少运气。1926 年左右义理寿听说北京西山八大处之一的大悲寺有一套大藏经出售，在初步判断有价值后，义理寿买下了这套 5348 册的佛经。他当时万万没有想到，这套他称之为“大悲寺经”的古籍就是中国佛教史上十分著名的《碛砂藏》。《碛砂藏》原刻本于南宋后期至元代中叶陆续完成，大悲寺藏的这套虽然是抄配、补配的《碛砂藏》，但其中宋元刻本也达到了 2000 册之多。另外，据胡适后来的检视，其中不少配补的明刻本也很有价值，特别是《南藏》本和建文元年天龙山刻本都是难得一见的珍稀文献。义理寿的这桩买卖，再次验证了一句老话——“踏破铁鞋无觅处，得来全不费工夫”。

义理寿在四处打探和购买的同时，为这批书籍编写了一份详细的目录，1941 年以《葛思德东方藏书库书目》

（*Title Index to the Catalogue of the Gest Oriental Library*）为题在北京刊印，大大便利了后人的查阅和研究。

胡适上任后，根据义理寿的目录对藏书进行了全面的清理。在葛思德10万册藏书中，胡适认为有版本价值的约4万册，具体说来可以分成10组：（1）宋版书700册，（2）元版书1700册，（3）明版书24500册，（4）稿本3000册（其中抄写于1602年以前的2150册），（5）雍正六年（1728）铜活字排印本《古今图书集成》5020册，（6）武英殿聚珍版丛书1412册，（7）武英殿本二十四史754册，（8）翻刻宋元明本2000册，（9）蒙文《甘珠尔》109册，（10）中医中药书2000册。为了让这些珍贵的文献为更多人所了解，1952年胡适特别策划了一次书展，展期持续两个月（2月20日—4月20日），受到了美国各界广泛的好评，成为他两年任期的最大亮点。

胡适出任馆长是在1950年，但他和葛思德图书馆的渊源却可以追溯到1943年。1942年胡适卸任驻美大使后，移居纽约从事学术研究。从1943年起，他开始投入精力考证《水经注》。北魏郦道元的《水经注》是一部古代地理学经典著作，由于屡经传抄翻刻，错简讹夺十分严重，因此历代研究者甚多。到了清代，著名学者赵一清、戴震等对以前各种版本做了精心的校勘和研究。但是晚清以来，以魏源、王国维等为代表的一批学者对戴震的《水经注》研究产生了怀疑，认为他有抄袭赵一清的重大嫌疑，由此形成一桩著名的公案。胡适出于学术兴趣和个人情感（戴震为胡适安徽同乡），决心重审此案。由于赵一清《水经注释》稿本完成时间（1754 年）和刊刻时间（1786 年）相差 30 多年，胡适认为有必要首先将这两个本子进行对勘，刊本很快就找到了，但稿本却一筹莫展，1944 年一个偶然的机会胡适得知葛思德图书馆藏有赵著稿本的一个完整的抄本，真是喜出望外。在考证此案时，胡适发现，戴震整理的《水经注》有两个刊本，一个是由乾隆皇帝题诗的武英殿聚珍本（1775 年成书），一个是没有皇帝题诗的自刻本（1776 年成书）。为什么在殿本出版的几乎同时要推出自己的刻本呢？胡适认为乾隆的题诗值得研究，但要确定这首诗确切的写作时间，就必须查询按照年代编排的乾隆《御制诗文全集》。但在美国，无论是哈佛、哥伦比亚，还是国会图书馆都没有收藏这位皇帝诗人的作品，无奈之下胡适再次求助于葛思德图书馆，结果发现那里不仅有，而且还有两套。

对于收藏家来说，版本当然是最要紧的，而对于研究者来说，内容无疑更为重要。葛思德图书馆作为一个“收藏家的图书馆”（collector’s library）显然当之无愧，而作为一个研究型图书馆（research library）它也完全合格。

从 1943 年到 1946 年 6 月回国，胡适在 3 年多的时间里多次和葛思德图书馆打交道，每次都有意外的收获，留下了非常愉快的印象。这或许是他日后愿意出任馆长的一大动因。有些学者认为胡适任馆长的两年是他一生最黯淡、最委屈的时期。此说固然有它的根据，但我倒并不这么看，对于一个嗜书如命的读书人，一个善于利用孤本秘籍做学问的学者，坐拥10万册书城应该是令人愉快的。胡适这个时期写的两篇英文文章中，也没有丝毫的怨气和消沉。

《中华读书报》2012年10月10日

# 顾颉刚与卜德的文字之交

1934年10月14日，顾颉刚在日记中写道："将卜德（Derk Bodde）所著《左传与国语》汉文本重作，一天毕，约四千字。……卜德，哈佛大学派到北平之研究生，来平两年，竟能以汉文作文，其勤学可知。所作《左传与国语》一文，写来已数月，予初托孙海波君改，谢不敏。希白亦谓无办法。予嘱其寄来，今日费一日之力为之，以就稿改削不便，索性猜其意而重作之，居然可用矣。"这篇由顾颉刚根据卜德意思大加改写而成的论文两个月后即刊发于《燕京学报》第16期（1934年12月，第161—167页）。《燕京学报》第16期本来应该由顾颉刚主编，但因为继母1934年8月去世，顾回杭州奔丧并处理后事，编辑工作交给了燕大国学院同事容庚（字希白）。据日记可知，顾颉刚在离开北京前就已收到了卜德的论文，但修改工作一直没能落实，最后只好让容庚把稿子寄到杭州，自己动手来改。

替别人改文章是一件难事，更别说是为一个美国人改中文文章，所以即使是容庚、孙海波这样的国学专家也只好敬谢不敏。但会者不难，顾颉刚居然用一天时间就修改完毕，难怪他不无得意，在这一天日记的最后写道：“我真不懂，别人的本领何其小，我的本领何其大？大约此无他，有胆量敢负责任否尔。”如果没有顾颉刚的胆量和负责，卜德的这篇论文恐怕就无缘《燕京学报》了。

卜德在北京留学期间（1931—1937）曾经将冯友兰的《中国哲学史》上册翻译成英文，并写了几篇英文文章，但中文文章则只有《左传与国语》，就笔者所知这也是他一生中所写的唯一一篇中文文章。

关于《左传》与《国语》的关系，康有为在《新学伪经考》中提出过一个大胆的结论：《左传》与《国语》本来是一本书，所谓《左传》是刘歆割裂《国语》而成。晚清以来，支持这一观点的有梁启超、钱玄同等今文经学学者，反对者则有以章太炎为代表的古文经学学者。卜德是第一个对此发表见解的美国学者，他认为《左传》与《国语》是两本书。

在这篇文章中，卜德首先从语言层面分析了两书的一个明显差异。他指出：“《左传》最喜欢引《书经》和《诗经》，《书》，它引过四十六次；《诗》，引过二百零七次。但是那部比了《左传》分量约少一半的《国语》，所引《诗》、《书》并不止减少一半，它只引了十二次《书》，二十六次《诗》。这实在太少了！尤其是《诗》的比例，只有八分之一。况且《国语》引《诗》不但只有二十六次，而在这二十六次之中，有十四次都在一篇里。所以，除了这一篇之外，其余十分之九的书里，只引了十二次《诗经》而已。”对于这一巨大的差异，卜德认为只有两种解释：“一、《左传》和《国语》所根据的材料不同；二、《国语》的作者对于《诗》学没有深研，或者他对于引《诗》的癖好及不上《左传》的作者。”除此之外，卜德又指出另一个语言上的差异：“《左传》和《国语》中提到的‘天’字，真是多不胜数。然而‘帝’或‘上帝’两个名词（用作‘天’解，不作‘皇帝’解），在《左传》中只有八次，而在分量少了一半的《国语》里却已说到十次。‘上帝’不单称‘帝’，《左传》中只有四次，而在《国语》的十次之中，只有一次单言‘帝’，余俱为‘上帝’。”这样大的差别，应当不是偶然的。

在分析完语言上的差异之后，卜德又分析了两书内容上的差异，这里他不是像分析语言问题那样直接亮出自己的观点，而是以一位中国学者——钱玄同的观点为靶子。钱玄同在《论获麟后续经及春秋例书》一文（载《古史辨》第一册）中认为《左传》和《国语》是由一书瓜分为二而成的，他的理由是：（1）《左传》记周事颇略，故《国语》所存春秋时代底周事尚详。（2）《左传》所记鲁事最详，而残余之鲁语所记多半是琐事。(3)《左传》记齐桓公霸业最略，而齐语则专记此事。(4)《晋语》关于霸业之荦荦大端记载甚略，《左传》则甚详。(5)《郑语》皆春秋以前事。(6)《楚语》关于大端的记载亦甚略。(7)吴语专记夫差伐越而卒亡国事，《左传》对于此事的记载又是异常简略。(8)越语专记越灭吴之经过，《左传》全无。卜德认为钱玄同的这几点理由看似有理，但如果深入考察，还是可以打破的。卜德指出，在讨论细节问题之前，首先需要从总体把握《左传》《国语》的差异，这种差异就是"宗旨的不同"："《左传》是一部有系统的历史记载，故能表示一年一年的政治上的大事，然而《国语》不是通史，它只是好些演说词的合编，所以容易含有许多不正确的传闻，而不必用历史的观念对于大事作系统的记载。"换句话说，《左传》有历史的观念，而《国语》则无。有了这样大的观照，再来看细节问题，就比较清楚了。针对上文钱玄同的(1)(2)(4)(6)条理由，卜德反驳道："《左传》记周事颇略，《周语》则甚详，没有什么可怪：春秋时代的周朝已经衰落了，与大事不生什么关系，所以《左传》记得颇略；可是都城所在，遗留的故事很多，所以《周语》记得甚详。《左传》对于晋及楚的详记也是如此，因为这两国的政治地位是特别高的。关于鲁国，我们知道《左传》是附着于鲁史《春秋》的，当然对于鲁事会特别记得详尽了。"钱玄同的其他几条理由也被卜德以同样的方式痛加反驳。

卜德认为钱玄同的说法站不住脚，还有一个重要原因，就是“有很多事，《左传》《国语》都有记载，两相符合”，为此卜德举了6个例子：（一）有神降于虢；（二）重耳（后为晋文公）游历诸国；（三）晋文公分曹地；（四）秦军过周伐郑；（五）楚共王之卒及谥；（六）晋平公疾。如果是一本书一分为二，怎么会出现这样的情形呢？另外，有些事情虽然《左传》《国语》都有记载，但字句、观念上都不同，卜德认为这只能说明两书作者所依据的原始史料之不同，这也可以说明两书不可能源自同一本书。

卜德的论文就其本身来看，是很有价值的，而更有价值和意义的是，他直接参与了当时中国国内学术界的讨论，并发出了自己的声音，这对于一个年轻的美国汉学家来说，是难能可贵的。卜德的论文能发表在《燕京学报》上，本身就是一个很大的荣誉，因为能在这份高水平刊物上发文章的都是当时中国的一流学者，在《燕京学报》16期上我们看到，在卜德的前后，是夏承焘、向达、张东荪等人的大作。

十多年后，顾颉刚仍然没有忘记卜德和他的这篇论文。1947年顾颉刚出版了《当代中国史学》一书，在论述古书年代考订的一节中他写道：“除了《尚书》以外，比较地为中外学者所深切注意的，便是《左传》和《国语》的著作时代问题，因为这个问题已为晚清今文家所提出而没有解决的。国外学者对于这问题有研究的要算高本汉了，他著有《左传真伪考》，从文法上证明《左传》非鲁人作，而《左传》与《国语》确为用同一方言人所作，但决非一人之作品。此外卜德著有《左传与国语》一文，由二书的引《诗》多寡上及用‘帝’与‘上帝’的多寡上，证明二书原非一物。国内学者对此问题作考论的很多，冯沅君、童书业、孙海波、杨向奎诸先生对此问题都曾作比较研究。……关于这个问题到现在还没有得到定论，总之，《左传》和《国语》二书绝非春秋时代的作品，是可

卜德论文集书影

以无疑的了。”顾颉刚的《当代中国史学》出版后很快成为一部名著，它全面总结了百年（1845—1945）中国历史学的发展，其中直接提到的外国人不多，且多是日本老牌汉学家，卜德是极少数西方学者之一，这对于一个年轻的汉学家而言，不能不说是无上的荣誉。

顾颉刚在上文中提到的瑞典学者高本汉（Bernhard Karlgren）是20世纪西方最重要的汉学家之一，他的一大贡献就在于创造性地使用纯粹语言学的方法来解决中国古籍的校释、考证和年代等问题。他的《左传真伪考》（*On the Authenticity and Nature of the Tso Chuan*）一文最初发表于1926年的《哥德堡大学年刊》，1927年由陆侃如翻译成中文于该年10月由上海新月书店出版，胡适曾专门为该译本撰写序言——《〈左传真伪考〉的提要与批评》（后收入《胡适文存三集》），可见中国学者对此文以及高本汉研究方法的重视。高本汉在这篇文章中从语言的角度比较了《左传》和《国语》，指出它们在文法上虽然有不少接近之处，但存在一个重要差异：凡用作“像”的意思，《左传》全用“如”，而《国语》则既用“如”，又用“若”。卜德在语言层面对《左传》和《国语》的比较并指出两者的差异显然是受到了高本汉的启发，并继续向前迈出了一大步。

顾颉刚一生提携后进无数，但似乎对卜德格外奖掖。他修改卜德的文章虽然只用了一天时间，但在这个美国年轻人身上所感受到的“吾道不孤”一定是异常强烈的，对于一位学术大师来说，还有什么能比这个更加难忘呢。

《中华读书报》2013 年 6 月 12 日

# “富布赖特”往事

“富布赖特项目”（Fulbright Program）设立于 1946 年，七十年来吸引了美国和世界各国约三十三万学人的参与。它是美国政府赞助的国际学术交流项目中持续时间最长、参与人数最多、影响最大的一个。

二战刚一结束，来自阿肯色州的国会参议员富布赖特（James William Fulbright）提出一项法案，要求美国政府将海外的二战剩余物资就地变卖，用得来的钱资助国际教育交流计划。富布赖特参议员希望通过教育与文化的交流来促进世界和平、增进美国和其他国家之间的相互了解和友谊。一年后，杜鲁门总统于 1946 年 8 月 1 日签署了富布赖特法案，使之正式成为法律。这一法律真正意义上的实施要到 1947 年 11 月 10 日，这一天美国驻华大使司徒雷登和民国外交部部长王世杰在南京签署了中美富布赖特项目执行协议，成为该项目第一个政府间协议。

为什么中国成为美国富布赖特项目合作的首选国家？理由当然不难寻找：中国是二战期间美国在亚太战区的盟友，蒋介石政府也一直采取亲美政策。但这样对两国教育、文化都有利的项目为什么拖到1947年底才达成协议呢？就美方来说，将留存在欧亚多国的二战剩余物资进行清理、估价、变卖需要时间；就中方来说，国民党正忙于打内战，保住政权是头等大事。但问题自然不是那么简单。

《富布赖特法案》中有两项条款对于达成双边的执行协议至为关键。一是任何参与这一项目的国家必须具有二千万美元的准备基金，每年投入项目的费用为一百万美元；二是该项目由美国人组成的董事会负责遴选和实施。

民国政府购买美国战争剩余物资的工作完成于1946年8月底，在购买合同的协议中，中方表示愿意从购买款中留出相当于二千万美元的法币作为准备基金，参与富布赖特项目，这为双方就此事的谈判奠定了基础。1947年4月初，美国国务院致信驻美大使顾维钧，正式启动了谈判进程。

二千万美元本来是美国政府的收入，现在留给民国政府用来投入中美之间的教育文化交流，这使不少中国人一下子联想到了四十年前的往事——1908年罗斯福退还半数庚子赔款给清政府，用于资助中国学生留美。1946年9月，任鸿隽在《纽约时报》看到中国参与富布赖特项目的消息后，立刻打电报给司徒雷登，要求将二千万美元交由中华教育文化基金会管理。该基金会是1924年成立的专门机构，主要任务是保管、分配、使用美国退还的第二次庚子赔款约1250万美元。该会成立之初由十五人担任董事，中方十人，美方五人，所以主导权在中方，此后一直延续这样的格局。任鸿隽当时是以这个机构执行秘书的身份致电司徒雷登的，但没有得到正式答复。几个月后正式谈判开始了，教育部官员采取了和任鸿隽一致的立场，建议美方将这笔二千万美元的资金投入中国的教育和科研，像庚款一样归中国人管理。

设立富布赖特项目和退还庚子赔款确有可以比较之处，但显然不是一回事。负责美方谈判的使馆官员明确表示，富布赖特项目是美国的钱，也将大部分用在美国人身上，中国人只能使用少部分；同时表示，项目董事会完全由美国人担任，中国人只作为咨询委员。

1947年6月，正当美国使馆和中国教育部的谈判接近尾声的时候，外交部插了进来，表示拒绝接受已经达成的谈判结果，并提出多项修正，其中两项最主要的意见再次显示了庚款项目的巨大影响。第一项是将执行该项目的机构名称从美国在华教育基金会（United States Educational Foundation in China）改为中美在华教育基金会（Sino-American Educational Foundation in China）。第二项是中国人不能只起咨询作用，在董事会中应该有决定权。外交部意识到，虽然这个项目用的是美国的钱，和庚子赔款不可同日而语，但为了国家的面子，必须更改执行机构的名称（尽管“中美在华教育基金会”听起来有点别扭）和增加中国人的投票权。与此同时，中国的一些官方和民间机构也向美国使馆施加压力，要求参与项目的决策。但使馆丝毫不肯让步，坚持“美国在华教育基金会”名称不动，还明确表示董事会将由驻华大使、二名使馆人员和二名非官方人士（一名代表商界，一名代表教育界）组成。

外交部的官员不好对付，但还是被说服了。更让人头疼的是战后中国日益恶化的经济情况和法币的急剧贬值。美国人的习惯是凡是遇到钱的事先做预算，但中国每天都在变化的汇率使这一工作难以下手，更难以精确。同样一件事，年尾的花销可能是年头的好几倍。这种经济状况同样影响了中方的谈判人员，他们期待状况的好转，也不急于达成协议。

中国塌方式的通货膨胀严重影响了项目的谈判，为了能够继续下去，双方同意汇率以国际货币基金组织确定的票面价值（par value）为基准，在无法确定这样的面值时，使用民国政府中央银行确定的公开市场汇率。双方最终商定，在签署协议三十天内，中方向美国国库先行拨付二十五万美元的资金，然后陆续拨付七十五万美元，达到项目要求的每年一百万美元的数额。但实际情况是，三十天到期时，中方拨款还未到账，直到 1947 年 12 月 19 日，美方才收到一张六亿两千七百万法币（相当于五千美元）

的支票，而不是要求的二十五万美元。中国当时经济状况之极端糟糕，没有比这张姗姗来迟的“巨额”支票能更好地说明了。

钱的问题非常棘手，人的问题则要简单一些。美方很快公布了项目决策机构——美国在华教育基金会董事会——人员名单。主席为司徒雷登，这自然是最合适不过的，他在 1946 年 7 月出任大使前一直担任燕京大学校长，对中国的教育情况了如指掌。使馆的二名成员是二等秘书梅尔比（John F. Melby）和文化参赞哈里斯（George L. Harris），二人都有丰富的对华工作经验，哈里斯早年在华盛顿大学曾深入研究过中国人类学。董事会中的两名非官方人士分别是洛克菲勒基金会远东地区主任华兹生（Robert B. Watson）和花旗银行上海分行经理格林（George H. Greene）。与此同时中方任命了四名咨询委员会成员：前驻美大使现北大校长胡适（主席）、金陵女子大学校长吴贻芳、中央研究院总干事萨本栋，以及教育部一位姓韩的司长。按规定咨询委员会成员是五人，中方只任命四人，是朝中无人？可能还是抗议美方大权独揽吧。

两个委员会成立后，美国在华教育基金会可以开始工作了，但日常的运行得有人来做，不能指望董事或者咨询委员。换句话说，这个一年一百万美元的大项目还缺一个实际的组织者和运行团队。美国国务院在项目开始时建议使馆就地找一名美国人担任执行主任，并承诺一万美元的年薪。但使馆认为很难在当地找到合适的人员，建议从美国直接派遣一位专员，同时为他配备两名秘书。中美双方签署协议六个月后，执行主任仍未到位。当时中国内战正酣，兵荒马乱，再加上国务院给的工资只能用极不稳定的法币支付，这份工作实在没有什么吸引力。

但项目还得进行，工作还得做。在找不到其他人的情况下，只能靠梅尔比和哈里斯来解燃眉之急了。他们一边做自身的使馆工作，一边将项目慢慢运行起来。虽然国务院一再表示要派人来，但两人清楚这一前景渺茫。哈里斯作为文化参赞主动承担了更多的工作，为了寻找人手，他不等不靠，到处打探。功夫不负有心人，1948 年 1 月，在没有美元作为工资补贴的条件下，他居然找到了一位项目助理，而且条件很不错。邓肯（Shirley Duncan）曾在燕京大学工作数年，熟悉中国教育界的情况，还懂一些汉语。1941 年“珍珠港事变”后，她和燕京大学的美国同事被日军监禁，1943 年释放后回美国服务于情报部门和国务院，她接受哈里斯聘请时正在上海一家机构工作。此后，哈里斯再接再厉又找来洛（Pardee Lowe）和布沙尔（Marybelle Bouchard）参与项目。这三位助理对中国都颇有感情，干起活来既投入又高效，保证了项目在此后近两年（至 1949 年 8 月中断）的顺利运行。美国国务院对哈里斯的工作高度赞赏，一年后正式任命他为执行主任。哈里斯除了领导三位助理，还时不时地拉自己的太太帮忙，为项目找来了一个连法币都不领的助理。

1947 年底三位助理尚未到位，国外奖学金董事会（Board of Foreign Scholarships，美国政府负责监督富布赖特项目执行的机构）就来催要 1948 年的工作计划。司徒雷登和他的美国同事很快开了两次会议讨论此事，随后胡适也召集咨询委员会开了一次会，最终形成了一个初步方案：（一）美方派遣二十名大学教授、十名研究学者、二十名研究生到中国访学；（二）中方派遣三十名教授和研究生到美国访学；（三）资助一百名中国学生到燕京大学等教会大学学习；（四）在燕京大学建立一个英语培训中心。方案于 1948 年初上报国外奖学金董事会，经讨论被原则接受，但董事们也提出了一些要求，特别是针对第三项——一百名受资助者必须是在全国范围内选拔，而不是仅限于教会中学的毕业生。这样的要求当然是合理的，哈里斯和他的助理也希望项目的选拔从一开始就在公平、公正的原则下展开。在南京使馆他们每天关注着中国的政局，但远在华盛顿的董事们可能不太了解战争的进展。从 1947 年 6 月起，人民解放军已经进入战略反攻阶段，东北战场经过秋季和冬季攻势已经基本锁定胜局，在这样的情况下“全国范围内选拔”只能是纸上谈兵。实际上，在上交方案的时候，所有人最担心的不是第三项，而是第二项，由于恶性通货膨胀造成法币极度疲软，运营跨太平洋航线的各家公司早已不接受法币作为支付货币，这样即使三十名中国教授和学生被公平公开地选出来了，也难以启程赴美。就日后的情况来看，四项计划中真正落到实处的是第一项，也是富布赖特项目最被看重的一项——派遣美国学者、学生到中国交流。

1948 年 3 月 7 日，宾夕法尼亚大学汉学教授卜德（Derk Bodde）突然接到来自华盛顿的长途电话："您打算作为富布赖特学者前往中国吗？希望您尽快决定，这样我们就可以发布消息，说富布赖特项目正式启动了。"卜德是美国最早的专业汉学家之一，1931—1937 年作为哈佛燕京学社研究生在北京留学，1938 年获得莱顿大学博士学位，回美国后一直执教于宾夕法尼亚大学，二战期间曾被美国情报部门借用。他后来回忆这件事时说："接到电话，我大吃了一惊，但马上想到二战时我在华盛顿的工作经历，政府部门的人做事总是一惊一乍的。我随即镇定下来，回答道：'我非常乐意，请告诉我项目的详细情况。'"（《北京日记》英文版。）

卜德到达阔别十年的北京，已经是 1948 年 8 月 21 日了，这或者应该说是中美富布赖特项目真正的开端吧。卜德此行的最大目标是将冯友兰《中国哲学史》下册翻译成英文出版，上册的译文已经于 1937 年问世，是他三十年代留学北京时的一项重要成果。这次他希望和冯友兰再度合作，将因为二战而中断已久的工作尽快完成。一年后当他带着对平津战役和物价飞涨的深刻记忆离开清华园的时候，译文的初稿安稳地躺在皮箱里，但细致的打磨只能回美国做了。

《读书》2016 年第 11 期

# 二战中的美国汉学家

1941 年 12 月 7 日“珍珠港事件”爆发，中国立刻成为美国在亚太战场的最大盟友，同时美国政府也立刻发现，国务院及军方真正懂汉语和中国国情的专家实在少得可怜。好在国内顶尖大学中还有几位刚刚获得汉学研究博士学位的年轻教师，可以为国家所用。这几位年轻的学人立刻服从国家的需要，离开平静的校园，来到忙碌的华盛顿。他们的主要工作是利用自己的专业知识协助政府和军方收集情报和分析战况。吾曹不出，如苍生何。

这批年轻学人有来自康奈尔大学的毕乃德（Knight Biggerstaff）、芝加哥大学的柯睿哲（Edward A. Kracke）、耶鲁大学的饶大卫（David N. Rowe）和宾夕法尼亚大学的卜德（Derk Bodde）。最远的是来自西雅图华盛顿大学的戴德华（George E. Taylor），他也是所有人中对日军侵华最有切身体验的人。1937—1939 年他在燕京大学进修时曾因反对日军占领被短暂拘捕，出狱后他完成了《为华北而斗争》（*The Struggle for North China*, 1940 年在纽约出版）一书。1937 年日军占领北京后所建立的伪中华民国临时政府（1937 年 12 月）为控制华北采取了一系列军事、政治、经济措施；为打击日本的侵略，中国共产党所领导的晋察冀边区行政委员会（1938 年 1 月成立）也采取了一系列针锋相对的行动。戴德华利用在北京的便利以及多年的观察和资料收集，对双方的行动进行了详细的论述，提供了一幅侵略和反侵略的生动图景。1939 年返回美国后他被西雅图华盛顿大学聘请，参与创建远东研究所，使之很快成为美国西部东亚研究的重镇，足以和东部的几所大学相抗衡。他到华盛顿后很快成为最具影响力的中日战情分析专家。

从东部几所高校来到华盛顿的这批人当中，最年轻也最忙碌的是卜德。他除了参与起草有关中国的战情报告，每逢周末还需要从华盛顿返回位于费城的宾夕法尼亚大学，为参加汉语培训班的美军士兵上课。当时美国政府在东部的几所大学设立了为期一年的美军特别培训项目（Army Special Training Program），主要培训东亚语言和国情，宾大是这几所大学之一。

就汉语来说，一年的培训分为四期。前三期是密集的语言学习，上午安排大班上课，四五十人为一班，讲授语音、语法等内容；下午是小班练习，十至十二人为一班，复习上午的内容，并反复进行口语会话练习。第一、二学期的内容相对简单，到第三学期，开始使用中国的报纸作为教材，口语练习也将难度增加为唱歌和讲故事，甚至背诵中国古诗。第四学期是最高阶段，要求学生阅读短篇的文学作品，并尝试翻译成英文。与语言培训同步还教授文化课程，第一期是地理，第二期是历史，第三期是政治和社会，第四期是综合性的国情教育。一年培训下来，接受程度好的学生在当时的美国就可以算得上一个中国通了。

在接受汉语培训的数千名美军士兵当中，日后最为学界所知的是明史专家牟复礼（Frederick W. Mote，《剑桥中国史》明代卷的主编），他与中国结缘很大程度是由于二战。1942 年底，由于战争形势的发展，20 岁的牟复礼离开刚刚上了一年的大学，应征入伍。当时美国军方急需中文人才，牟被选中派到哈佛大学接受为期一年的培训。此后他作为情报员前往中国工作，无论是在昆明和国民党打交道，还是在张家口和共产党接触，他的汉语能力都得到了中国同行的赞赏，这显然得益于他在哈佛时打下的坚实基础，当时主持中文教学的是赵元任，使用的是赵专门为这批军事学员编写的教材《国语初步》（*Mandarin Primer*）。牟复礼后来还将这一教材长期用于自己在普林斯顿大学的教学中。

在这一培训中诞生的另外一部有影响的教材是顾立雅（Herrlee G. Creel）主持编写的《报刊汉语》（*Newspaper*

*Chinese*，1943 年芝加哥大学出版社出版）。为了帮助学员更好地阅读中文报刊，顾立雅和同事发明了一种循序渐进的归纳法，效果相当不错。顾立雅最初没有被政府借用，而是留在芝加哥大学负责培训项目，1943 年项目结束后他也来到了华盛顿，直至 1945 年日本投降后才返回母校。

在为国家服务方面，来自哈佛大学的费正清（John K. Fairbank）可谓捷足先登。太平洋战争爆发前四个月，他就被征召到战略情报局远东部工作，1942 年 9 月被派往中国担任该局的驻华代表，直至 1943 年 12 月，回国后他调往陆军情报局远东部工作。在重庆一年多的时间，费正清做了不少事情。作为情报局官员他的分内工作是搜集战时中国和日本的情报，向国内汇报。此外他还兼任美国国会图书馆的驻华代表，主要工作是将中国的出版物，特别是学术出版物，拍成缩微胶片寄回国会图书馆，同时也帮助使馆向后方的中国高校和研究机构分发美国学术著作和科技文献的缩微胶片。抗日战争爆发后，中美之间的文化交流被迫中断，迁移到西南地区的中国学人无法接触到美国最新的学术出版物，珍珠港事件后，美国在对中国进行军事、经济援助之余，也没有忽略文化层面的工作，特别于 1942 年 1 月在国务院对外文化关系司下设立了对华关系处，全面负责战时与中国的文化学术交流。费正清的夫人费慰梅（Wilma C. Fairbank）成为这个新机构的第一位雇员，结束了自己战前全职太太的生活。费正清在重庆分发的缩微胶片正是夫人在华盛顿组织人制作的，两人虽然天各一方，但却是文化战线上最亲密的战友。其实对于费正清来说，他本人更感兴趣的也是文化交流，通过这项工作他再次见到了自己早年在中国留学（1932—1935）时的老朋友梁思成、林徽因、金岳霖、陶孟和、陈岱孙等人以及西南联大、中研院的一批学者，这批中国精英在大后方艰苦乃至贫困的生活场景让他触目惊心，并为他们坚持学术研究的执着所感动。他到中国伊始便开始多方联络，促使美国学术团体理事会、哈佛燕京学社为这批学者提供薪金补贴，另外他说服驻昆明美军司令拨专款聘请中国教授发表讲演。除了官方途径，费正清还通过私人渠道为他们提供食品和药品，有时甚至是钢笔和手表，在当时物资紧缺的情况下，一支美国派克钢笔换来的钱可以够一家人二三个月的生活支出。

费正清

在重庆费正清平时接触最多的自然还是国民党的各级官员，一年多的实地考察给他的最大感受是国民党气数已尽，他后来在《回忆录》（*Chinabound*）中明确指出："蒋介石作为国民党政权的象征和中心，在1943年后期已失去了中国知识阶层的信任和忠诚。"也正是在1943年的后期，费正清开始接触以周恩来为代表的中共，并很快和周的助手乔冠华、龚澎成为好朋友，乔、龚11月结婚时，费正清特意送给新郎一套西装表示祝贺。虽然时间短暂，接触的人也不多，但费正清很快在中共党员身上觉察到了一种新的力量，一种代表未来的力量。离开重庆时，他对中共的好感已经相当明确了，此后这种好感伴随了他的一生。

对中共抱有好感的汉学家绝不止费正清，他的老朋友拉铁摩尔（Owen Lattimore）有过之而无不及。就在费正清1942年秋抵达重庆后不久，拉铁摩尔辞去了蒋介石顾问一职，他是1941年7月接受罗斯福总统推荐而担任这一职务的（为此向任教的约翰·霍普金斯大学请假），主要任务是及时沟通两位元首有关战争发展的信息并提出自己的建议。珍珠港事件前，他多次提请罗斯福加大对中国的援助，其时罗关注的焦点是欧洲战场，特别是英国。对于蒋介石，拉铁摩尔和费正清一样，赞成巩固国共统一战线，反对蒋介石利用美国的援助遏制共产党，并为内战做准备。1937年拉铁摩尔曾访问过延安，见过毛泽东等中共领导人，这样的经历在当时美国学院汉学家中是绝无仅有的，这也是他被罗斯福选中的原因之一。1942年初严重的痢疾迫使拉铁摩尔回美国治疗和休养，10月他返回重庆后不久就提出了辞职，因为他感到自己能发挥的作用已经很有限了，“珍珠港事件”的爆发比任何言辞都有力地说明了中美同盟的重要性，而蒋介石让美国打败日本，自己保存实力准备打内战的态度也不是轻易能够说服的。1942 年 11 月拉铁摩尔和宋美龄同机离开了重庆，宋此行的目的是到华盛顿展开夫人外交，拉铁摩尔则经华盛顿来到了旧金山，开始负责美国战时新闻局在太平洋战场的广播和宣传工作，他坚守这一岗位直到 1945 年春，此时二战已胜利在望。

战争期间由于忙于为国服务，学者们大都没有时间进行学术研究，藏之名山的事业只能暂时搁置。二战期间最大的汉学研究成果是一个集体项目，毕乃德、费正清等人均参与了，这就是由国会图书馆东方部主任恒慕义（Arthur W. Hummel）主编的《清代名人传略》（*Eminent Chinese of the Ch'ing Period, 1644-1912*）。该书收录清代近三百年间约八百位著名人物的传略，按英译人名顺序排列，以皇太极（Abahai）开始，以颙琰（Yung-yen）收尾。人物包括帝王、后妃、文臣、武将、文学家、艺术家、宗教人士等。每篇传记末尾附资料来源；卷末附人名索引和引用文献索引。全书集当时国内外研究之大成，且引用了不少外文史料，弥补了汉满文史料的不足之处。该书分两卷，分别于 1943 年、1944 年在华盛顿出版，出版后在国际学术界产生了广泛的影响，一直被列为重要参考书。胡适在卷首的序言中盛赞这本书，认为“作为一部近三百年的传记辞典，在目前还没有其他同类的著作（包括中文的著作在内）能像它那样内容丰富、叙述客观并且用途广泛”。二十多年后，费正清在其主编的教材《东亚的现代变革》（*East Asia, the Modern Transformation*）一书的《阅读书目》（*Bibliographical Suggestions*）中称《清代名人传略》为“清史研究不可或缺的参考书”。《清代名人传略》的出版也为后来两部同类的传记辞典树立了榜样：四卷本的《民国人物传记辞典》（*Biographical Dictionary of Republican China*, 1967—1971 年由哥伦比亚大学出版社陆续出版）和两卷本的《明代名人传》（*Dictionary of Ming Biography*, 1976 年哥伦比亚大学出版社出版）。

恒慕义虽然留在自己的原单位，但时刻关注战争的发展，他的另外一大贡献更加值得表彰。1941 年珍珠港事件前，为了防止日本人的劫掠，他协助中方将北图的近三千种共计两万册善本书运抵美国，并拍成缩微胶卷。这批运美进行复制的书籍包括宋、元本约两百种，明版近两千种和稿本五百余种。这些书大都是宋、元、明、清历朝内阁大库的存书，是当时北图所藏善本的精华。这批珍贵文献抵美后被拍成缩微胶片一千零七十二卷，底片存国会图书馆，复制的全套胶片则为世界各大图书馆所购买和收藏，北图作为文献的主人获赠三套。战后北图要求美方归还原物，但由于历史原因，这批文献于 1964 年应台湾“中央图书馆”要求运回代管，现寄存台北故宫博物院。

二战期间有几位美国学人遭遇牢狱之灾，可以说是最不幸的人了。赫芙（Elizabeth Huff）是其中之一。她于1935年开始在哈佛大学攻读汉学研究的博士课程。1938年她获得哈佛燕京学社奖学金，在日本京都大学进修一年之后，于1940年9月来到北京留学。赫芙原计划两年后回哈佛拿学位，但1941年底“珍珠港事件”爆发后，她被日军拘捕，并送到恶名昭著的山东潍县集中营关押，直到1945年10月才返回北京，而回哈佛已经是1946年了。1947年她获得哈佛博士学位，比原定计划整整晚了五年。在赫芙之后来到中国进修的海陶玮（James R. Hightower）、芮沃寿（Arthur F. Wright）、芮玛丽（Mary C. Wright）都遭到了同样的命运。

集中营不仅浪费了学者们的时间，也使他们与世隔绝，无法了解外界的信息。海陶玮还算幸运，1943年日美交换战俘时得以释放回到美国，芮沃寿、芮玛丽夫妇则更为不幸，直到二战结束才获得自由。芮沃寿回到北京后发现战争期间在北京出版了不少汉学研究成果，但因为战争这些成果不为外界所知，于是他决定写文章予以介绍。这就是后来发表于《哈佛亚洲学报》第九卷（1947年）上长达五十七页的论文——《1941—1945年北京的汉学研究》(*Sinology in Peiping, 1941-1945*)。文章介绍了战争期间在北京出版和即将出版的有关中国研究的专著、期刊论文、工具书等。论文录自在北京出版的中外文期刊——《中德学志》《辅仁学志》《汉学》《华裔学志》等。芮沃寿在说明自己的写作目的时说："显而易见，战争中断了中西之间的出版物交流，使我们无法及时看到双方的研究成果。因此我希望本文能够帮助西方学界了解这几年在北京的中外学者在各个领域所取得的成绩，避免重复劳动。"为达到这一目的，芮沃寿不仅给出了论著的题目，还为每一部作品做了简单的提要。举一例以明之："卫德明（Hellmut Wilhelm）著《中国历史》(*Chinas Geschichte*)，208 页，北京法文书店 1942 年出版。该书是作者的讲演录，在十篇讲稿中作者考察了中国从上古到清朝灭亡的历史。附有参考文献和朝代列表。虽然该书的内容主要是面向普通读者，但对于汉学研究者来说，其中不少观点是很有意思和挑战性的。"芮沃寿原本打算给出每本书的价格，但发现不切实际而放弃了，"因为政治、经济的不确定因素使北京的物价每天都在变动，所以很难确保现在给出的价格会和交通、通讯恢复后的购买价格一致"。从中可以看出抗战结束后中国国内情况的不稳定。

从芮沃寿的文章来看，战时在北京最活跃的是德国汉学家，他们在整个战争期间自始至终都能继续从事汉学研究，此外一些中国学者也没有放弃，他们在困境中努力坚持着自己的学术工作。这篇评论性的文章充分说明芮沃寿已经弥补上了因战争而荒废的时间。

进集中营固然不幸，论文丢失同样倒霉。芮沃寿的哈佛同学柯立夫（Francis W. Cleaves）是二战中经历最奇特的一位。他大学毕业进入哈佛研究院后开始钻研蒙古史，1938 年获得哈佛燕京学社资助来到北京留学，师从比利时传教士、著名蒙古学家田清波（Antoine Mostaert）神父。柯立夫 1941 年准备回哈佛执教前把写好的论文邮寄回美国，不幸遇上太平洋战争爆发邮件遗失，只好着手重写。不可思议的是，这篇丢失的论文战后居然在日本神户找到了。与失去的相比，柯立夫得到的应该说更多，在北京期间，他在学习之余购买了大批满文、蒙文书籍和档案。当时大量的旗人家道中落，加上战事频仍，急于出手这些资料，柯立夫便利用这个机会大批廉价收购。这些资料最终归入哈佛燕京学社图书馆，令该馆的满文收藏居美洲之首。1942 年柯立夫以重写的研究蒙古碑拓的论文获得哈佛博士学位，此后不久他就应征入伍，加入了美国海军陆战队。“宁为百夫长，胜作一书生”。柯立夫不愧是研究中国边塞的，才有这种投笔从戎的气概。二战后他回到哈佛继续做书生，逐渐成为美国蒙古史研究的权威和奠基人。

《读书》2015 年第 5 期

# 夏志清早年留美生活

1961年凭借《中国现代小说史》(*A History of Modern Chinese Fiction, 1917-1957*)的问世，夏志清一举成名。他此后的学术和生活已为学界所熟知，但此前他的经历，则不是那么清楚。最近出版的《夏志清夏济安书信集》一、二卷(王洞主编，季进编注，香港中文大学出版社2015年版，后三卷将陆续刊出)为我们提供了了解他早年生活的绝好资料。他从学习英美文学转向研究中国文学，走过了一条不平凡的道路。

## 一

1947年11月夏志清离开上海，前往美国留学，开始了人生新的旅程。人的命运总是变化莫测，他离开的时候，可能万万不会想到，学习英美文学的他日后会留在美国教授中国文学。实际上，他能够赴美留学，本身也是带有某种偶然性的。

夏志清1942年从上海沪江大学英文系毕业后，在外滩江海关、台湾航务局等处工作了几年，感觉没有前途。1946年9月随哥哥夏济安到北京大学西语系做助教，开始从事自己喜爱的文学研究。到北大不足半年，他申请1947年度李氏奖学金获得优异成绩成为候选人，但没想到却引起了不小的非议。这个奖学金由华侨李国钦于1944年捐资创立，主要致力于中美之间的学术交流，按常规只有北大或西南联合大学毕业生才能申请，教会大学出身的夏志清显然不在此列。结果公布后，落选的北大西语系师生联合向校长胡适提出抗议，胡适虽然一向对教会大学无甚好感，但还是顶住了压力，秉公将奖学金颁给了“外来户”。夏志清的成功主要得益于他提交的那篇讨论英国诗人布莱克（William Blake）的英文论文，写得辞采华茂，得到了包括燕卜荪（William Empson，时任北大教授）在内的遴选委员会的一致好评。26岁的年轻助教此时已经崭露头角。

1940年代英美“新批评”风头正劲，夏志清到美国后，经燕卜荪推荐很快得到该派大师兰色姆（John C. Ransom）、布鲁克斯（Cleanth Brooks）等人的赏识，于1948年2月顺利进入“新批评”大本营——耶鲁大学英文系——深造。耶鲁英文系当时在美国排名第一，同学大都又是美国人，夏志清要想出人头地，只有勤奋一途。1949 年 2 月 24 日他在给哥哥的信中写道：“Old English 已考过，得 90 分，这一次全班都考得不大好，85 分即是 honors，所以我考得仍在前数名之内。平常分数也是 90。上学期拿到三个 honors，英文系研究院 director Menner 很欢喜，大约明年可拿到 University Fellowship 一千元，至少也可免去学费，要四月中才知道。考完 Old English 后，忙了一个星期写 Yeats paper。记得二月八日那天（我的生日）赶写 paper，至夜三四时入睡，直至明天下午下课完毕才发觉我的生日已过去了。二月的第三星期写了一篇 Milton 的 paper 和 Brooks Evelyn Waugh 的报告，所以到这个礼拜才有些空，可以写封信。”夏志清入学后选修了八门功课，每门课两周写一个报告（paper），此外还需要修习法文、德文、拉丁文三种外语，繁忙程度可想而知，难怪连生日都会忘记。好在他本来英文基础就好，再加上如此废寝忘食般的学习，所以只用一年多时间就以各门功课全优的成绩获得了硕士学位，1949 年 6 月 27 日他在给哥哥的信中写道：“M. A. 已于六月廿一拿到，那天天很热，穿了深青哔叽西装，外加 gown，衬衫都湿透。”

秋天凉快后，夏志清开始攻读博士学位，勤奋程度有增无减，学习成绩继续领先。他不仅获得了耶鲁大学的奖学金，同时也成功地延长了李氏奖学金（至 1951 年 6 月）。按规定李氏奖学金只给两年，即使延长也只给读理工科的，但到了夏志清身上，一切都有改变的余地。无论是当初获得这份奖学金，还是后来延长成功，夏志清均破了先例，这当然都基于他超凡的实力和突出的成绩。规定只适用于一般的情况。

由于经济有保障，夏志清很快完成了博士阶段的课程学习，论文进展也颇为顺利，关于最后阶段的紧张工作，1951 年 10 月 3 日他在给哥哥的信中有详细的描述："上星期我正忙着弄论文，所有没有空写信寄你，论文已装订了两本于十月一日（星期一）交出了。十月一日前不交，本学期还得付两百元学费，我不情愿付，所以九月一日内把它弄完了。接洽了一位老小姐打字员，打的非常恶劣，前两星期日里办公，晚上校对，有错误送去重打，花了很多时候，天天睡眠很少，人极疲乏，还花了七十元打字费，其实两星期自己慢慢地打也可把它打完。论文不长，共二百余页，因为自己 observations 极多，很少借用参考书籍，题名 *George Crabbe: A Critical Study*。" 乔治 · 克雷布是英国诗人，此前研究的人不多，夏志清对自己的论文看来是信心满满。一个多月后（11 月 15 日），他轻松地通过了论文答辩，圆满完成了在耶鲁的学业。

## 二

在耶鲁夏志清不仅有幸跟随名师读书，而且有机会见到了西方所有大牌批评家，四年的学业紧张而辉煌，“新批评”的理论和方法了然在胸。一旦毕业，反而有些茫然了。1951 年 12 月 2 日给哥哥的信中他写道：“我拿到 degree 后心中并不太高兴，因为生活很寂寞，而且长住在美国，security 没有保障。目前的 job 是不长的，所以又要开始找 job，一切都非常吃力，耗费精神。目前没有对象，心中也空虚得很。”早在博士毕业之前，夏志清就开始找工作。他向美国国务院投了简历，但因为不是美国公民被拒绝；他申请到美国知名大学去教英美文学，但毕竟是外国人，在语言上没有优势而无结果，去小学校倒有机会，但他又心有不甘；他也曾动心去台湾，但哥哥力劝他留在美国发展。当他正在为找工作犯愁的时候，耶鲁大学政治系教授饶大卫（David Rowe）找到了他，邀请他参与编写《中国手册》(*China: An Area Manual*)。这是美国政府为期两年的项目，报酬虽然不错，而且毕业后还可以继续留在耶鲁，但毕竟不是长久之计，所以他在信中说“目前的 job 是不长的”。

找工作难是毕业时才遇到的问题，至于生活的寂寞，夏志清到美国后不久就感受到了。耶鲁虽然也有几个中国留学生，但因为志趣不同，夏志清和他们的交往很少。四年的耶鲁生活，他除了偶尔看看好莱坞电影外，几乎都在上课、读书和写论文中度过。一个朋友在给夏济安的信中这样写道：“I saw your dear brother last summer. He was,

I'm sorry to tell you, very thin & nervous. I mention the latter for I was perturbed at his seemingly uncontrollable facial and body movements. It is difficult to describe this & it was some months ago so my memory concerning this is a bit hazy. I hope he's not over studying."。(夏济安 1950 年 1 月 22 日给夏志清信中转录。)在这位哥哥的朋友看来，夏志清由于学习过于用功，不仅身体瘦弱，而且连面部表情和举手投足都显得很不自然了。

男大当婚，夏志清生于 1921 年，博士毕业时刚好到了而立之年，成家和找工作一样，成为他面临的重大问题。实际上，早在上海沪江大学读书时，他就开始和女生交往，到美国后也一直没有停止寻觅，特别是 1950 年 10 月通过博士口试后，学习压力减小而有了更多的时间。夏志清写起文章来洋洋洒洒，但谈起恋爱来却异常拘谨。他前后心仪的女生有五六个，"靡不有初"，但最终都没有结果。其中之一是后来以《丁玲的小说》(*Ding Ling's Fiction*)一书成名的梅仪慈(后长期执教于美国密歇根大学)。夏志清这样总结自己恋爱失败的教训："我的社交功夫太差，跳舞、bridge、拍照、开汽车一样也不会，对付普通女人，此种技能都极需要。我除电影知识特别丰富外，关于运动、政治、音乐等都没有 informed opinion。"(1950 年 7 月 20 日致夏济安)。对很多女性(包括知识女性)来说，像夏志清这样没有生活趣味的"书呆子"显然不是理想丈夫。

老天有眼，这样的一个书呆子偏偏赢得了一位美国女生的爱慕，她就是卡罗尔·巴尔克利（Carol Bulkley）。1953 年秋两人在耶鲁的舞会上邂逅，这位来自古典系的新生一下子就爱上了夏志清，并不顾父母反对坚决要嫁给这个来自中国的“书呆子”。1953 年 12 月 24 日夏志清在信中这样袒露心曲：“在美国六年，第一次有这样一个女孩子真心爱你。待你体贴入微，就凭这一点，也是值得终生感谢的。Carol 不够漂亮，决定同她结婚，我十年来的 Romantic Dream 当然得抛弃了，但是我并没有遗憾。今夏未得梅仪慈回音后，我把在美国同中国女孩子结婚的野心早也放弃了。……这次和 Carol 的恋爱，得来全不费气力，但事实上也是千中得一的侥幸。所以这件事很有一些中国旧式‘姻缘’的意味。”梦想和现实之间总是有差距，夏志清显然清醒地认识到了，并愉快地接受了这一差距。1954 年 6 月 5 日两人正式结婚，不久生下孩子树仁。从此夏志清告别了寂寞的单身生活。

## 三

关于自己的第一份工作——帮助饶大卫编写《中国手册》，夏志清在 1951 年 8 月 28 日的信中有这样的说明：“我们的 project 是写一部 for general reader 关于中国的书，我先负责关于近代文学的 chapter，要读的东西很多，想一定很有趣，把四十年来的白话文学好好批评一下。”这是他转向中国现代文学的开端，从此他和哥哥的通信中，讨论西洋文学的内容逐渐减少了。

在中学和大学时期，夏志清读过一些中国新文学作品，到美国后则完全中断了。现在为了工作，他开始以一天看一本书的速度恶补，很快耶鲁的中文藏书已经无法满足他的要求。1953 年 1 月 19 日他在给哥哥的信中写道：“我看的中国作家，因为受 Yale 藏书限制，只看了鲁迅、茅盾、巴金、郭沫若诸人，此外作家看到的都是些零星的选集，不过在 X’mas 时我去过哥伦比亚图书馆，那边中文藏书很公平而全（有全套《小说月报》《文学》等杂志，海派京派作家也很多），不久或将要去纽约住几个月，有系统地看一下中国近代作品。”在阅读的过程中，他开始思考这些作品的价值，例如他这样评价茅盾：“读完茅盾的《子夜》，该书虽极 ambitious，反不如他早年的《蚀》和《虹》。《虹》上半段描写一个五四运动闹事的女子同旧式男子结婚的情形，入情入理，不落俗套，是中国近代作品中难得的好文章。”（1952 年 12 月 16 日致夏济安。）又如他这样看沈从文的小说：“他的早期作品写得极坏，可是三十年代间四十年代间的作品，写得极好，而且对人对物的态度，极其 humble，一无一般作家由主义出发的执着和偏见。他西洋东西方面，虽然读得不多，但自具一副天生的聪明智慧，不为世俗意见所左右，实是不容易的事。

而且好像他不断有进展，不像其他作家，停滞在自己固定的技巧作风上，永远 repeat 自己。”（1953 年 8 月 9 日致夏济安）这类评价应该说是很有见地的，不少后来都被移植到《中国现代小说史》中。

从书信中我们还可以知道，夏志清关于一些作家作品的评价前后有变化，比如钱锺书的《围城》。1953 年 3 月 17 日他在信中这样写道：“去哥伦比亚图书馆借了不少书，看了老舍的《赵子曰》《骆驼祥子》，张天翼的《洋泾浜奇侠》及《围城》，都算是较好而有趣的小说。这几位作家讽刺的写法，猜想上大约和清代小说的传统相合（《老残游记》《官场现形记》等），所以成绩上还有可观。”《围城》在这里并不突出，但到了《中国现代小说史》中，它被称为“中国近代文学中最有趣和最用心经营的小说，可能亦是最伟大的一部”。将夏志清书信中的意见和后来书中的观点进行对比，无疑是一件很有意思的事情。

在知道弟弟因为工作即将转行的时候，夏济安这样写道：“由你来研究中国文学，这是‘中国文学史’上值得一记的大事，因为中国文学至今还没有碰到一个像你这样的头脑去研究它。凭你对西洋文学的研究，而且有如此的 keen mind，将在中国文学里发现许多有趣的东西，中国文学将从此可以整理出一个头绪来了。我为中国文学的高兴更大于为你得 job 的高兴。”（1951 年 6 月 17 日致夏志清。）虽然不无溢美之词，但以后的事实证明夏济安的预言是准确的。古人说“知子莫若父”（《管子·大匡》），我们套用一下，可以说“知弟莫若兄”。

夏志清的这位兄长同样是一位了不得的人物，不仅英文独步天下，中国文学的修养也很好。在弟弟转行后，我们经常看到哥哥在信中提示应读的书籍，并发表对于中国现代文学的意见，一次在谈到京派、海派都不如左派影响大时，他这样写道：“‘京’‘海’两派的 high seriousness 都不够，一种是洋场才子，一种是用文艺来怡情自娱的学究。他们的文学比较 personal，而且他们的 personal 还只是在 aesthetic 的一方面，不是 moral 的一方面。我认为中国近代缺乏一种‘不以 society’为中心，而以 individual 为中心的 morally serious 的文学。”（1953 年 1 月 18 日致夏志清）这是很深刻的认识，正是基于这样的认识，夏济安 1959 年到美国工作后，将研究的重点放在了左翼文学运动，1968 年他的英文专著《黑暗的闸门》（*The Gate of Darkness: Studies on the Leftist Literary Movement in China*）问世后，学界一致认为，无论是英文的典雅，还是内容的深入，《黑暗的闸门》都不输于《中国现代小说史》。

可惜夏济安于 1965 年 2 月英年早逝，他与弟弟的通信也戛然而止，自 1947 年 10 月到夏济安去世，兄弟两人共通信 612 封（分成五卷出版），其中无论是谈文学，谈爱情，谈政治，都精彩纷呈。全部书信由夏志清夫人王洞女士提供原件，苏州大学季进教授负责转写并详加注释，为研究中国现代文学史、中美关系史、美国汉学史提供了极为珍贵的一手文献。本文所利用的只是前两卷中的内容，后面三卷一定还有更丰富有趣的珠玉，进一步的梳理讨论请俟诸异日。

《中华读书报》2016年9月7日

# 书林折枝

# 十八世纪一场文化冲突的悲剧

## ——读《胡若望的疑问》

胡若望其人名不见经传，甚至连他真正的中文名字都已无可查考，“若望”只是根据他的教名“John”翻译过来的。在史景迁（Jonathan D. Spence）《胡若望的疑问》（*The Question of Hu*）一书问世前，不要说是一般读者，就是研究中西关系史的专家，所知道的也只是一点模糊的事实：胡氏是十八世纪去过欧洲的一个中国人。

作为大史学家，史景迁的功力首先体现在寻找资料上。胡若望在欧洲的情况只留下两封简短的信件，史景迁即以此为线索遍查梵蒂冈图书馆、大英图书馆、法国外方传教会档案馆等处的原始文献，弄清了胡若望在欧洲三年多的全部经历。本书的主体部分——从第四章至第十章——便是对这段经历的详细描述。第一至三章和最后的第十一章则交代了胡氏欧洲之行的前因后果。原来，胡若望本是罗马教廷传信部驻广州园区的看门人，1722 年初因一个偶然的机会跟随法国耶稣会士傅圣泽(Jean-François Foucquet)前往欧洲，主要任务是为傅抄写中国典籍；但到法国后不久胡被认为精神失常关进了疯人院，从1723年春天至1725年底他在离巴黎不远的沙朗通（Charenton）精神病院度过了两年多的囚禁生活。最后他被释放并于1726年10月回到了广州。这样一段经历，一般人写来只会平淡无奇，但在史景迁的生花妙笔之下，则成了一个跌宕起伏、趣味横生的故事。小人物同样可以写出大故事，关键看怎么写。史景迁的史家功力一向体现在他对叙事的控制和语言的把握这两个方面，他的这一类著作总是令读者兴味盎然，不能释卷。

大人物作为历史叙事对象的意义是无须多说的，那么小人物呢？落实到这本书上，问题就是：为胡若望这样一个小人物立传有意义吗？我想是有意义的，十八世纪去过西方的中国人大约有五十人左右，但长期以来中外学者对这批人的关注非常不够，历来的研究主要集中在来华传教士的事功以及中国人对基督教和西学的接受上；史景迁的著作开拓了一个新的领域，而他选择的对象又是材料极少的胡若望，除了展示因难见巧的大师风范外，该书的示范意义尤其不容忽视。

胡若望是小人物，他的疑问也很简单："为什么把我关起来？"（Why have I been locked up?）傅圣泽的解释是，胡到法国后的种种行为表明他已经神智不正常了：

“他在巴黎街头到处游走，以及哀悼他根本没有去世的母亲，……他在路易港骑走别人的马、持刀挥舞……冬天睡在敞开的窗户底下、在发愿者之家的圣器收藏室里跳来跳去……”（中译本第 189 页。）史景迁在生动描绘（有时加上自己的想象）这些古怪行为的同时，不断引导读者追问这样一个问题：为什么胡若望会神智失常——或被认为神智失常？他没有给出一个明确的回答，但在字里行间，我们不难看出他的答案：文化冲突。胡若望虽然虔诚地信奉天主教，在广州时也和不少外国人有所接触，但他依然生活在中国文化的氛围中，一旦漂洋过海，真正踏上欧洲的土地，他面对的文化冲击（cultural shock）是如此强烈，以至让他无法承受。实际上，他坐上“孔蒂亲王号”（Prince de Conti）离开广州不久就已经开始感觉格格不入了：“胡若望还没学会任何法语，而与他一起用餐的同伴也不会说中国话。那些法国人对于胡若望显然对欧式餐点的上菜方式毫无概念而窃窃私语，他只要看到餐点端上桌，就直接拿取自己想吃的东西。他们试图向他说明每个人只能食用自己的那一份，但这项概念很难传达，胡若望食用的还是一再超出他们认为他应得的分量。有时候，他们只得强制他少吃一点。”（中译本第 47 页。）到了法国后他和欧洲文化的冲突更加剧烈，种种怪异的行为导致他最终被关进了疯人院。史景迁在本书中讲述的虽然只是胡若望的个人悲剧，但他力图揭示的却是中西文化最初接触时具有普遍意义的问题，值得人们深入思考。这是本书的第二个意义。看来，什么是精神病，有时并不单是一个病理学问题。

新近面世的本书最新的中文译本（陈信宏译，广西师范大学出版社 2014 年 3 月版），无论是译文还是装帧都很精美。唯一的缺憾是，中译本没有将原文的“致谢”（Acknowledgments）翻译出来。当然不少外文书的“致谢”都是罗列一些人名，加上一堆客气话，译不译都无关紧要。但史景迁此书的“致谢”，特别是开头第一节在我看来是非常重要的，他说他本来从未想过要写这本书，但在读了美国学者魏若望（John W. Witek）的《傅圣泽传》（*Controversial Ideas in China and in Europe: A Biography of Jean-François Foucquet*）后才起了这份心思，而他最初的工作就是仔细研究了《傅圣泽传》一书注释中所罗列的相关资料，这为他以后的研究提供了最初的线索。这段话不仅说明了《胡若望的疑问》一书的缘起，也再次告诉我们一个道理：真正有价值的学术研究总是建立在前人提供的基础之上，而一个优秀的学者绝不会向壁虚构、闭门造车。

《傅圣泽传》已有中译本（大象出版社 2006 年版），看完《胡若望的疑问》还意犹未尽的读者不妨再去看看这位法国耶稣会士的传记。

《国际汉学》2016 年第 2 期

# 《中国总论》的两个版本

美国第一部全面介绍中国历史和现状的著作《中国总论》(*The Middle Kingdom*),也是19世纪美国汉学的代表作。20世纪美国汉学权威费正清评价此书说:"它简明细致地描述了中国社会生活和历史的方方面面,在今天看来仍然是一部有重要价值的著作。"(《中国沿海的贸易与外交》)

## 一

此书之作者卫三畏是美国最早的来华传教士之一。1844年,他已经在中国工作了十一年,按照规定可以休假一次,父亲每况愈下的身体状况更让他急于回国一行,可是他所属的传教会资金紧张,无法提供费用;幸而卫三畏的老朋友、美国驻广州商人吉登·纳尔慷慨解囊,他建议卫三畏陪伴他经过埃及和欧洲回国，不过他本人由于业务的羁绊直到卫三畏到达美国后才离开广州。为了表示对纳尔的感谢，卫三畏将 1848 年出版的《中国总论》献给了他。

1844 年 11 月卫三畏独自踏上了归国的旅途。他这次回国不仅为了省亲，也要为他主持的印刷所购买新的中文活字筹措经费。回到美国后，卫三畏四处活动，但资金还是有所短缺。于是卫三畏决定在家乡及其附近地区发表一系列关于中国社会生活、历史和制度的演讲来挣点钱。此时鸦片战争刚刚打开中国的大门，有识之士对中国兴趣浓厚，卫三畏的演讲大受欢迎。从 1845 到 1846 年，卫三畏一共演讲了一百多场，演讲地点也从家乡扩展到周边的一些重要城镇。这一番奔波劳累的意外收获是使他多年积累起来的有关中国的知识系统化了。1846 年底卫三畏决定将演讲内容写下来出本书，为此他来到纽约，除了偶尔外出发表一些演讲外，一直专心写作，直到全书完成。这本脱胎于演讲的著作就是《中

卫三畏

国总论》。一开始纽约几乎没有出版商愿意接受它，最后好不容易才由威利和帕特南公司（Wiley & Putnam）出版印行。

《中国总论》分上下两卷，长达1200多页（上卷590页，下卷614页）。全书分23章，比较全面地介绍了中国的政治、经济、文化和社会状况。卫三畏能够在短短两年内写出这样大部头的著作，原因是多方面的。首先他在中国已经生活了十多年，特别是经历了鸦片战争前后中国的深刻变化，具有丰富的感性认识。此外他利用工作之余的时间不断地研究汉语和中国社会文化，积累了越来越多的理性认识。我曾在耶鲁大学所藏卫三畏档案中，看到过他的一份书单，其中包括《史记》《文献通考》《本草纲目》《今古奇观》《大清会典》《瀛寰志略》等五十多种著作，这些应该只是卫三畏读过的一部分；除了中文书籍，卫三畏阅读和参考的西文书籍也为数不少，这从《中国总论》的注释中可以窥见一斑。

《中国总论》的出版为卫三畏赢得了不小的学术声誉，1848年夏天，纽约州的协和学院授予他荣誉法学博士学位。

## 二

早在独立战争之前就有一些美国人表现出了对中国

的兴趣，但他们关于中国的知识完全来自欧洲人的著作。18 世纪末中美直接贸易关系建立后，美国商人开始把他们在中国的所见所闻记录下来，美国人终于有了自己的信息来源。美国出版的最早一部关于中国的著作出自范罢览（Andrew E. van Braam）之手。范氏出生于荷兰，1758 年被荷兰东印度公司派往中国，在澳门和广州先后工作了十五年，他早在 1777 年就表现出对美国的兴趣，1783 年英美签订《巴黎和约》宣告美国正式独立后，他就移居美国并于次年成为美国公民。此后他又重新效力于荷兰东印度公司，在广州出任代理人。1794 年他作为荷兰使团的一员前往北京庆祝乾隆登基六十周年。这次特别的经历为他提供了写作素材，1797 年他的著作翻译成法文在费城出版，书名是《1794—1795 年荷兰东印度公司赴中华帝国使团纪实》。但这本书出版以后没有引起太大反响，一则它是法文著作，在美国不容易打开市场，更重要的是就在同一年斯当东爵士出版了他那部广受欢迎的《英使谒见乾隆纪实》。英国的马戛尔尼使团在荷兰使团前一年出发，虽然没有达到与中国建立正式关系的目的，但产生了几部名噪一时的纪实作品，斯当东的这一部以其记录的详实最为知名。此后美国商人又出版了几部关于中国的作品，均反响平平。

19 世纪以来，欧洲来华传教士凭借他们熟练的汉语技能和丰富的中国经验写出了多部有影响的作品，继续在美国大行其道。德国人郭实猎于1831年至1833年不顾清政府的禁令三次沿中国海岸航行，其冒险经历以日记的形式于1834年结集出版，受到热烈的欢迎。此后英国人德庇时（John F. Davis）于1836年推出了《中国人：中华帝国及其居民概况》，为希望了解中国的西方人士提供了重要的信息来源。

德庇时的《中国人》成为卫三畏必须面对的最重要的“前文本”。从某种意义上来说，《中国总论》价值的大小就在于它比《中国人》前进了多少。卫三畏在“前言”中没有回避这个问题，他说：“《中国人》是值得大力赞扬的一部著作，但这本书出版于十年前，那时中国还是一个不容易接近的国家，美国人即使读过这本书，了解的也是那个时期的情况，面对今天中国的开放，美国人会对中国产生更浓厚的兴趣，也会很乐意了解那场带来中国开放的战争的前因后果。”鸦片战争虽然没有彻底改变中国社会的性质和中国人的生活方式和思维习惯，但却大大改变了中国和西方的关系，卫三畏抓住了这个契机大做文章，在整合前人成果的基础上结合自己的知识和经验完成了《中国总论》这部后来居上的著作，不少评论者认为该书是美国最好的对中国的介绍文字。《中国总论》出版后受到了欧洲人士的关注和欢迎，先后被翻译成德文、西班牙文，使西方世界在中国问题上首次听到了美国的声音，改变了美国长期以来依赖欧洲了解中国和一味进口欧洲汉学的局面。

卫三畏在《中国总论》“前言”中说，他写这部书的目的之一，在于“剥离中国人和中国文明所被给予的那种奇特而无名的可笑的印象”。18 世纪欧洲大陆（特别是法国）的“中国热”虽然影响了美国的一些高端人士（如富兰克林），但对美国民众影响很小。18 世纪末美国建国时欧洲的“中国热”已经基本上过去了。欧洲的这股“中国热”在很大程度上归功于法国来华耶稣会士对中国的赞美，他们写的大量书信和著作给欧洲带去了一个文明昌盛的中国形象。但 18 世纪下半期以来，随着耶稣会士影响的减弱，特别是 1773 年耶稣会的解散，中国形象开始走向负面。鸦片战争以后中国的形象更是一落千丈，美国人在欧洲特别是英国的影响下逐渐形成了一种以轻蔑的口气谈论中国人的风气。早期来中国贸易的美国商人向美国民众传递的是这样一种中国人形象：衣着滑稽、迷信、狡猾、残忍、对官员的贪赃枉法和社会的停滞不前束手无策。

在这样的时代风气中，熟悉中国的卫三畏显然觉得有必要纠正国人的看法。例如他在第 11 章《经学》中对孔子学说是这样进行评述的：“孔子哲学最大的特点是对尊长的服从，以及温和正直地和同辈人交往。他的哲学要求人们在现实世界中，而不是从一个看不见的神灵那里，寻找约束力，而君主也只需要在非常有限的范围内服从一个更高的裁判。从子女对父母的责任、荣誉和服从出发，孔子进而向人们灌输妻子对丈夫、臣民对君主、大臣对国王的责任，以及其他社会责任。孔子认为，政治的清白必须建立在个人正直的基础上，在他看来所有进步的开始都蕴藏在‘认识你自己’之中。毋庸置疑，他的许多思想是值得赞扬的。就是与希腊和罗马圣人的学说相比，他的作品也毫不逊色。”这段论述十分准确也很精辟，抓住了以“礼”和“仁”为核心的孔子思想的精髓。这样的例子在《中国总论》中还有很多。

与由于无知而对中国产生偏见的美国人相比，因为无知而对中国漠然置之的人可能更多。这可以解释为什么《中国总论》在被威利和帕特南公司接受之前会遇到种种挫折——许多嗅觉不灵或目光短浅的出版商拒绝这部著作的理由就在于担心它不会引起人们的兴趣；而这部书出版后受到热烈欢迎的事实，则表明19世纪上半叶的美国人其实很愿意了解欧洲以外的世界，他们正缺少一本好的入门书。出版家必须有自己的眼光，最好能有一点前瞻性。事实上随着中美《望厦条约》的签订，越来越多的美国人已经开始关注中国，《中国总论》的出版是适逢其时的。

## 三

多少年过去以后，德庇时的《中国人》已经难得一见，《中国总论》成为唯一的经典，它不仅是学者们的标准参考书，而且被一些教育机构采用为教科书，多次再版。

但随着时间的推移，《中国总论》的一些信息的不完整性和论述的不准确性也逐渐显露出来。1876 年卫三畏离开北京时就萌发了修改旧作的想法，毕竟三十年过去了，中国已经发生了很大的变化。如果从他本人来到中国的那一年算起，四十三年已经过去，今昔对比，卫三畏不胜感慨：“1833 年我初抵广州时，我和另外两个美国人被作为‘番鬼’（洋鬼子）报告给行商。1874 年作为美国驻华公使馆参赞，我陪同艾忭敏阁下面见同治皇帝，公使先生在完全平等的基础上向‘天子’呈递了国书。”（《中国总论》1883 年版序言。）按照外交礼仪，艾忭敏公使在递交国书时发表了简短的“颂词”，由卫三畏当场翻译成中文，对于卫三畏来说，这无疑是难忘的一幕。中国的变化当然远不止于政治外交方面，社会生活的方方面面都发生了程度不同的变化。从个人方面来讲，卫三畏对中国的了解和认识也同样今非昔比。1876 年离开北京时，他已成为在中国生活和工作时间最长的外国人，从资历上来说超过了其他所有的英美传教士和外交官。

修订版《中国总论》于 1883 年 10 月面世，由初版的 23 章增加到现在的 26 章。新增加的三章是：（24）太平天国；（25）第二次鸦片战争；（26）最近的事件。这三章近 200 页的内容使现实问题在《中国总论》中的比例大大提高，现代中国的形象在古代中国的背景中更加凸显出来。

原先各章的修改程度不等，有的基本信息未变，有的则重新编写。开头关于中国地理情况的几章则属于这两极之间的中间状态，有修改，也有保留：当初作者对一些地方的描述（比如长城）是来自书本和耳闻，而现在则可以结合实地的考察，因此分量也加重了。例如对于北京的描述从原先的 15 页增加到了 22 页；在介绍中国教育情况的第九章中还附上了一幅北京贡院的插图，也是旧版所没有的。卫三畏对博物学一直比较偏爱，关于这一部分的介绍在旧版中本来就相当充实，现在则更加丰富，从原先的 56 页增加到 84 页，也增加了插图。其他章节也都有大小不同的修改。

与多年前屡遭出版商拒绝完全不同的是，新版的推出十分顺利，查尔斯·斯克莱布诺家族公司（Charles Scribner's Sons）在推出新版前就大做广告，予以宣传。如果说在出版过程中还有什么问题的话，那就是原版的出版方威利公司认为自己对于修订版拥有一定的权益，于 1881 年 12 月向斯克莱布诺家族公司提出协商，但问题很快就在卫三畏出面澄清的情况下得到了解决。另外一个问题则是出现在卫三畏和斯克莱布诺家族公司之间。尽管卫三畏对旧版做了重大的修改，但在“前言”的初稿中，他只是做了轻描淡写的交代，这自然引起了出版社的不满，写信给卫三畏道：“‘前言’这样写很可能会引起读者的误解，使他们无法正确了解我们修订再版这部书的目标和所做的工作。您的大著在近四十年的时间里一直是这个领域的经典，而您称之为‘浅见’，这是不恰当的。同样不恰当的是，您把一些章节说成是‘在篇幅允许的范围内提供的尽可能准确的信息’，而实际上它们是最为权威的论述。但最重要的问题还是您的‘前言’几乎没有强调增加和修订部分的重要性，谈老的部分太多，而谈新的部分太少。”出版商总是很难欣赏和接受作者的虚怀若谷。卫三畏不愿意自吹法螺，但也不得不考虑出版方的利益，于是他请儿子卫斐列来修改自己的“前言”，我们现在看到的这个前言就是父子合作的产物。实际上，由于卫三畏晚年身体欠佳，卫斐列在修订工作中给予父亲很大的帮助。修订《中国总论》是卫三畏晚年最主要的工作，他的生命和活力似乎也与这项工作联系在了一起。1883 年 10 月，他这部一生中最重要的著作以新的面目问世后，他的身体和精神状态均急转直下，于 1884 年初去世。

《中国总论》一书很早就进入了中国学者的视野，莫东寅在 1949 年出版的《汉学发达史》中就提到过这部著作。2005 年上海古籍出版社推出了中文译本（陈俱译，陈绛校），为读者提供了很大的便利。该中文版是以 1883 年的修订本为底本，所以对原本感兴趣的研究者还必须去寻找两种英文本；从研究出版史和汉学史的角度来说，尤其有必要找来一读。

《中华读书报》2011 年 6 月 15 日

# 富路特眼中的乾隆朝文字狱

富路特（Luther Carrington Goodrich，1894—1986）出生于通州（现北京通州）一个传教士家庭，并在中国度过童年。他的父亲富善（Chauncey Goodrich）曾在中国传教多年，1891 年编写过一本北京方言字典（*A Pocket Dictionary and Pekingese Syllabary*）。富路特于 1927 年获得哥伦比亚大学硕士学位后留校任教，直至 1961 年退休，是哥大东亚系和东亚图书馆的主要建立者。富路特著作等身，最广为人知的是《中华民族小史》（*A Short History of the Chinese People, 1943*），胡适认为它是用西文所写的中国简史中最好的一种（见 *Pacific Affairs* 1944 年第 2 期书评），曾多次再版，长期作为美国学生使用的中国历史教科书。

1930—1932 年富路特为撰写博士论文前来北京进修，住在英美传教士所办的华文学校（North China Union

Language School)。费正清（日后的美国“中国学之父”）当时也在北京留学，他晚年回忆说：“当我在北京华文学校向富路特请教时，他总是以非常诚恳的态度仔细听我说。从他童年时代在华北的传教士家庭背景来看，他的确可以说已使自己成为汉学家中的佼佼者了。仅凭他的博士论文《乾隆时期的文字狱》，就已使他成为美国中国问题研究中崛起的一颗新星，何况在以后的四十年中他还有更多的研究成果涌现。”（《回忆录》英文本第 135 页。）1934 年富路特获得哥伦比亚大学博士学位。

《乾隆时期的文字狱》（*The Literary Inquisition of Ch'ien-lung*）是富路特在北京期间完成的博士论文，修改后于 1935 年出版。全文分为两个部分。第一部分研究乾隆时期的文字狱，重点是乾隆后期伴随着《四库全书》的编修所发生的文字狱。第二部分是对相关传记、文献、档案的英译。

富路特

清朝的文字狱并不始于乾隆。康熙时期就已开始，著名的如“明史狱”和“南山集狱”。雍正时期的文字狱有增无减，著名的如“查嗣庭狱”“吕留良狱”。为了减少雍正时期文字狱所造成的恐怖气氛和动荡不安，乾隆即位之初一度采取了缓和的政策。但随着乾隆十六年（1751 年）伪孙嘉淦奏稿案的发生，文字狱开始再次爆发。从乾隆二十年（1755 年）胡中藻案开始至乾隆三十八年（1773 年）纂修《四库全书》之前，文字狱案件不下五十起。从 1773 年开馆纂修《四库全书》至乾隆归政前，各种类型的文字狱又有五十余起，因文字之祸而受到株连的各阶层人士不但在范围上遍及全国，而且在数量上也大大超过了前期。据统计，终乾隆一朝，各种类型的文字狱案件约有一百一十起，几乎占了整个清朝全部文字狱案件的百分之七十左右。这些文字狱对当时和此后中国社会和文化的发展产生了极为恶劣的影响。

富路特在讨论乾隆时期文字狱之前，对前朝的文字狱也做了简要的回顾，如果说康熙、雍正时期的文字狱对于巩固清朝的统治还有一点积极作用的话，那么乾隆大兴文字狱则完全是一种心理畸形。在富路特看来，“乾隆总的来说是个应该受到历史谴责的暴君”，因为他“干预学者的独立研究，故意篡改历史，残酷地迫害文人，接二连三地禁书、毁版”（英文版第 6 页）。所以富路特认为乾隆朝虽然号称盛世，实际上是清朝衰落的开始，而《四库全书》的编纂虽名为保存国粹，实际上是别有用心地为了达到钳制思想的目的。

该书出版后，受到西方学界的欢迎，有评论者指出，以往西方人只知道乾隆的文治武功，富路特的贡献在于首次揭示出了乾隆的阴暗面，让人们看到了盛世中隐藏的危机和衰败的萌芽。（Carroll B. Malone 书评见 *Journal of the American Oriental Society* 1935 年第 4 期。）该书同时也受到中国学者的关注，清华大学雷海宗和武汉大学郭斌佳两位历史学教授专门撰写了书评，分别刊载于《清华学报》第 10 卷第 4 期（1935 年出版）和《武大文哲学季刊》第 5 卷第 3 期（1936 年出版）。

雷海宗在书评开篇时写道："近年来对于清代文字狱的问题，国人搜集材料与研究的工作虽然不少，但有系统概括一切的专著仍不多见。哥伦比亚大学汉学讲师 Goodrich 先生这种勇敢尝试的工作，很值得我们欢迎。"

在雷海宗看来，富著中有三点是"很动人的见解"：（一）"乾隆时代中国已经安定，不似以前对满清的那样反抗，按理不必有严厉的文字检查；但实际乾隆时代对于文字的摧残较比清初严重不知多少倍。著者认为根本的原因是心理的。大清此时由外表看来虽然极盛，实际这是衰落时期的开始；满人下意识中感觉到这一点，所以对汉族愈发畏忌，因而更加紧的压迫。"（二）"无论当初的计划如何，四库的编纂后来成了铲除禁书的一件利器，是无问题的。这一点虽然从前也有人见到，却是一般认四库为无价国宝的人所不大注意的事，著者反复说明并非累赘。"（三）"全国大规模有系统的搜查禁书，现代的人不易想见。但在最严重的十五年间（乾隆三十九至五十三年）全国人心惶惶，连不识字的农家也有时因为祖传下来一部原来不相干的书而招大祸；这在普通的史料中是不易见到的，只有私人所遗留的日记与笔记能帮助我们回想到当时的紧张情形。著者把这点特别提出，深得史家恢复往迹的本旨。”

此外雷海宗还认为书后所附《禁书现存目录》（*Surviving Proscribed Works*）很有价值，虽然肯定有遗漏，但在目前“是一个很便利的参考工具”。根据富自己的说明文字，他编制这份目录主要是利用了北京大学、燕京大学和哥伦比亚大学的图书目录。他认为要想更准确地做出统计，还应该去查阅包括《图书集成》在内的各类丛书，作为第一份这样的目录，他希望自己的工作能够为后人提供基础。根据富路特的初步统计，在乾隆时期禁毁的2600余种书籍中，存世的有近500种。（1999年开始出版的《四库禁毁书丛刊》收存世的清初至乾隆年间的四库禁毁书约1700种。）

郭斌佳在书评中也首先肯定了这部书的价值，他指出：“吾人觉乾隆朝之文字狱，国人已大概知之。但在西文之中，则完备精详如此书者，实属创见。作者对于中文方面材料，尤以近年我国所出刊物中之有关此项问题者（无论书籍或杂志）均特别注重。读者苟翻阅其卷末之参考书目，即可知其搜罗之广。”确实，在富路特列出的二十七种主要参考书中，除了一些早期文献外，我们可以看到1930年代初的最新成果，如故宫博物院文献馆编《清代文字狱档》（1931—1933 年版）、陈乃乾编《索引式的禁书总录》（1932 年版）等。

对于富路特在这本书中的观点，郭斌佳也表示基本赞同："乾隆朝之前半期（自一七三六年至一七七一年），作者认为尚无切实禁锢文士之迹，但对于排满思想已渐次着眼矣。作者曾举谢济世、胡中藻、齐召南、齐周华、钱谦益诸案。以为乾隆帝在此时，并无一彻底禁止排满文字之计划，但遇有发觉，则必禁毁耳。自一七七二年至一七八八年（壬辰至戊申），其情形遂大变。乾隆命编纂《四库全书》乘机搜查全国公私所藏书籍。据本书作者之意，高宗并非真欲编《四库全书》，特假此名义，以取缔有碍满清之书籍耳。此种说数，或亦过于偏激，然乾隆之利用机会，取缔许多书籍，则属事实。作者搜罗当时若干圣谕未经刊布者用以证明：（一）地方官吏奉令采访书籍之时，亦奉命搜查排满书籍；（二）在京师选辑四库书目者，同时亦编制禁书目录。故作者之意，《四库全书》之编纂，虽名为保存国粹，实别有用意存。作者欲证明其论调，列举若干材料以作佐证。乾隆欲搜罗书籍，以供检查之意，可于一七七四年之上谕中窥见之（页三二至三三）。两广总督广东巡抚之奏折（页三十三），更可证明疆吏辅佐之态度。一七七六年十二月二十八日之上谕，则说明圣旨更为详尽。总之，自一七七二年至一七八八年间，吾人随时可寻得例证，证明编纂《四库全书》之双重作用，与其编者之双重责任。”

在肯定成绩的同时，雷海宗和郭斌佳也毫不客气地指出了书中的问题，特别是翻译方面的一些错误（主要在第二部分）。如乾隆四十一年（1776 年）立《贰臣传》的上谕中有这样一段话：“此辈在《明史》既不容阑入，若于我朝国史因其略有事迹列名叙传，竟与开国时范文程承平时李光地等之纯一无疵者毫无辨别，亦非所以昭褒贬之义。”富路特将这段话翻译成：

Biographies of this group could not be put in the Ming history, but if they are included in our annals, since their actions deserve mention, along with the biographies of their contemporaries Fan Wen-ch'eng, Ch'eng P'ing-shih, and Li Kuang-ti, without any difference between them noted, then no clear distinction is made between deserving and undeserving.（英文版 154 页）

这里的一个大错误在于将“承平时”翻译成了和范文程、李光地并列的人名，而不知道这是和“开国时”对应的一个时间概念。富路特在这样翻译时也显然有些迟疑，特别加了一条注释，说明自己在各种文献中都没有找到“承平时”这个人物的有关信息（I cannot find this worthy's claim to fame recorded anywhere.）。这类翻译错误虽然难以完全避免，因为在雷海宗看来，即使读破万卷书的中国学者“也不敢自信对前代文字的句读有十足的把握”，但多少降低了富书第二部分的学术水准和使用价值。就第一部分和全书来说，郭斌佳认为“不失为一部博硕之作”。

富路特的博士论文是在北京写作的，得到多位中国学者的指点和帮助。在“前言”中他特别感谢了袁同礼、马鉴、马准、陈垣、郑振铎等学者。在正文的注释中，他也多次提及中国学者给予他的帮助，如陈垣在 1932 年 5 月曾经将自己一篇未刊的关于《四库全书》的文章借给他参考；1932 年 7 月燕京大学历史教授洪业曾在和他的谈话中说明自己对乾隆禁书意图的理解；燕大国文系教授马鉴曾提示他《清稗类钞》中有关怡亲王收藏钱谦益书籍的材料。

回国后富路特和中国学者一直保持联系，并把他们的一些作品翻译成了英文，最值得一提的是两部：其一是顾颉刚的《明代文字狱祸考略》，原文发表于《东方杂志》第 32 卷第 14 期（1935 年 7 月），译文 *A Study of Literary Persecution During the Ming* 则刊登在 1938 年 12 月出版的《哈佛亚洲学报》3、4 期合刊上；其二是陈垣的《元西域人华化考》，原书出版于 1923 年，英文版 *Western and Central Asians in China under the Mongols: Their Transformation into Chinese* 于 1966 年问世。

《中华读书报》2014 年 4 月 2 日

# 岂有文章惊海内

## ——1930 年代美国青年汉学家在北京的出版活动

第二次世界大战之后，西方汉学研究的中心开始从法国向美国转移，这当然大大得益于战后美国政治、经济、军事地位的迅速提升，而同时也和以费正清（John K. Fairbank）为代表的第一代美国专业汉学家的闪亮登场密切相关。考察第一代美国汉学家的学术背景就会发现，他们虽然有着不同的师承和不同的研究领域，但却拥有一段共同的经历——1930 年代都曾留学北京，短则 1—2 年，长则 5—6 年。这批人除了费正清之外，主要还有毕乃德（Knight Biggerstaff）、顾立雅（Herrlee G. Creel）、卜德（Derk Bodde）、恒慕义（Arthur W. Hummel）等 20 多人。他们在北京学习、进修的过程中，陆续发表了一些研究成果，其中大部分刊登在北京的学术刊物上，或由北京的出版机构出版。与他们日后的著作相比，这些早期的作品可能显得有些粗浅和幼稚，但谁能不经过磨炼，一出手就可以“惊风雨”“泣鬼神”呢？

## 一

费正清在留学北京期间（1932—1935）发表了学术处女作。这篇题为《1858年条约前鸦片贸易的合法化》（*The Legalization of the Opium Trade before the Treaties of 1858*）的论文围绕这样一个中心问题展开：为什么鸦片输入中国为合法这一条款会被写入1858年11月8日中英签订的《通商章程善后条约》？是由于英国的武力逼迫（这是普遍流传的看法），还是有其他原因。

费正清的论文共分六个小节：一、19世纪50年代的间歇期；二、英国政府的鸦片政策；三、中国实施禁烟；四、中国对鸦片贸易课税的建议；五、中国地方当局征收烟税的情况；六、一点阐释。在文章的开篇，费正清明确指出：“鸦片贸易是19世纪的一件大事，历史学家迟早都应该分析其原因、活动和影响。它同中外关系的各个方面——商业、政治和文化关系息息相关，因此它的具体情况迟早也应该和这个时期所有其他方面一样考订出来，并把两者之间的关系阐述清楚。”他写这篇文章正在于利用掌握的资料，揭示事实，引起更多学者对这一问题的关注。在文章的第一小节，费正清指出，1850年代随着英美商人想在条约口岸买到更多的丝绸和茶叶，他们也就必须在口岸外销售更多的鸦片，以便筹集必要的资金。“由于中国人不买外国制成品，外国商人购买中国产品最方便的方法，要么像 17 和 18 世纪所做的那样，大多使用带来的成船的白银，要么像 19 世纪初以来日益普遍的做法那样，使用成箱的鸦片。”这样丝、茶贸易和鸦片贸易就像一个连体婴儿那样不可分离，但问题是前者是合法的，而后者是非法的，1842 年的《南京条约》没有给予鸦片贸易以法律根据。在接下来的两个小节中，费正清考察了 1842—1858 年中英双方的政策，中国是厉行禁烟，而英方则采取不予支持和保护，实际是放任自流和纵容的政策。但中方的禁止也不是各地都一样，“禁烟在北方较为得力，特别是京城地区，一直坚持到较后的日子；在南方各省，鸦片输入与日俱增，种植鸦片也已经开始，而镇压措施却越来越少”。在鸦片泛滥难以禁止的情况下，中国官员开始陆续建议将鸦片作为合法贸易进行征税。费正清在文章的第四小节对此进行了考察，他指出，头一个建议征收烟税的官员是湖广监察御史汤云松，时间是 1851 年 1 月 16 日，但这位御史的奏疏未见下文。两年后张炜、吴廷溥两位御史上了同样内容的奏折，这次得到了皇帝和军机处的重视，但他们的意见未被采纳，军机大臣们在答复中强调补救的办法不是使鸦片合法化，而是更严厉的镇压。但不久太平军占领了南京（1853 年 3 月）并席卷东南几个最富庶的省份，造成了清政府的财政危机，于是征收烟税的问题再次提出并在一些地区得到了部分的实施。在文章的第五节，费正清以上海、宁波、福州、厦门四个口岸为例，具体说明了 1855—1858 年征收鸦片烟税的情况。1853 年以来尽管北京政府还在强调禁烟，但地方政府为了解决为军队发饷等财政问题已经开始悄悄地向鸦片征税，而福州、厦门则更把征税公开化（1857 年），这些都成为在全国范围内将鸦片贸易合法化的前奏。通过以上的分析，费正清在结论部分指出，那种认为 1858 年英国强迫中国皇帝使鸦片贸易合法化的流行说法是不完全正确的，只说出了一半事实。另一半事实是“中国人希望通过对鸦片贸易全面征税，增加收入”，所以“承认鸦片贸易也是中国内政问题产生的结果”。

费正清这篇文章的重大突破在于使用了中文资料。在他之前，马士（Hosea B. Morse）在权威性的《中华帝国对外关系史》（*The International Relations of the Chinese Empire*）一书中也讨论过鸦片贸易问题（第一卷第八章《鸦片问题》，二十三章《鸦片，1842—1858》），但马士完全依靠外文材料，没有直接使用中文资料。费正清论文的一半是讨论 1853 年到 1858 年中国地方官员如何不执行中央政府的禁烟令而自行征收烟税的，这部分内容在马士的书中完全没有。利用原始的中文档案进行近代史研究是费正清的一大特色，这在第一篇文章中就显露无遗。

费正清的处女作完成后，发表在《中国社会及政治

费正清在北京和中文老师

学报》第17卷第2期（1934年7月）上。中国社会及政治学会是1915年由一批中外人士共同在北京发起建立的。1916年该会创办了英文会刊《中国社会及政治学报》（*Chinese Social and Political Science Review*），第一期于4月出版，以后每个季度出版一期，4期为一卷。1941年终刊。

## 二

在《中国社会及政治学报》上发表过论文的还有毕乃德，共两篇，第一篇《同文馆考》载第18卷第3期，第二篇《中国常驻外交使团的建立》载第20卷第1期。但毕乃德更看重的是他与中国学者邓嗣禹合作的英文本《中国参考书目解题》(*An Annotated Bibliography of Selected Chinese Reference Works*)一书，1936年由燕京大学哈佛燕京学社正式出版。

编写这本书的目的，正如前言中所说：“是为了向西方学者初步介绍中国研究领域最为重要的参考书。”该书将中文参考书分为八大类——书目、类书、辞书、地理著作、传记著作、表格、年鉴、索引，共介绍了近300种参考书目。每一种书目都是先介绍作者、主要版本，然后对内容和价值进行简要评述。如综合性书目类中的《书目答问补正》条是这样的：“《书目答问补正》，5卷。张之洞在缪荃孙的协助下编写，张的序言写于1875年（清光绪元年）。范希曾又对之进行了修订、增补。南京国学图书馆1931年（民国二十年）活字版，2册。这份精心编选的书目收录了晚清时期依然存在的2266种重要书籍。一代鸿儒张之洞于1870年代编写了这本书，目的是方便初学者查找文献。该书原名《书目答问》，多次印刷。1920年代目录学家范希曾对原书进行了修订增补，他的增补在现在的版本中用‘补’字标示。前4卷按照传统的经史子集顺序编排，每一种书给出卷数、作者名字、朝代以及编者和修订者所知道的所有不同版本，不少条目还有关于该书内容和价值的简要说明。第5卷开列了一些丛书目录，使本书成为中国第一本将丛书单列的书目。另外本书还附有编者认为对初学者而言最为重要的书籍目录，以及清朝著述诸家名录。这些著述家被分为 14 类，按照时间先后排列，名字第一次出现时编者也给出了他们的字号和籍贯。本书无疑是《四库全书总目》之后最为重要和最广泛使用的书目。对于某个领域的专门研究者来说，本书目可能不够完备，但对于想全面了解中国典籍的人说，本书是必不可少的。”

书目是通向学术研究的起点，重要性不言而喻。而对于中国研究来说，则更显得重要。因为中国历史长，文献多，目录学自刘向、刘歆父子以来早已成为专门的学问。因此该书出版后立刻得到了国际汉学界的广泛欢迎，1950 年和 1971 年又出过两个修订版（均由哈佛大学出版社出版），一直被作为中国研究的最佳入门书之一。

## 三

除了用英文出版著作，留学生们还尝试用中文发表论文。在这方面成绩最突出的是顾立雅，代表作是《释天》，载《燕京学报》第 18 期（1935 年出版）。

顾立雅此文的目的是想探讨中国古代天神观念的起源。从传世文献来看，似乎商人就已经有了天神观念，如“天命玄鸟，降而生商”（《诗经·商颂·玄鸟》）；“惟天监下民，典厥义”（《尚书·高宗肜日》）。顾立雅经过研究后认为其实不然：“《商颂》五篇乃西周中叶以后宋国人之所作，此在中国学者已成定谳。《今文尚书·商书》凡五篇，其中天字共见十八次。然吾人细加考察，知此五篇亦周人所作。《汤誓》之文法与西周金文相近，其所函之意义亦与西周人之言论相同。《盘庚》三章之文法则同东周时之金文，其文气甚顺，多用‘之’字为连接词，不仅非商人之文，且不能视为西周初年之文。……《古史辨》第一集顾颉刚先生谓《盘庚》为商书中之唯一可信者，至于近年，顾氏之意见已与前日不同。顾氏曾与余言，《盘庚》乃周初人所作，至东周以后曾经学者所修改，则《盘庚》亦非商代文字。《高宗肜日》……如为武丁时作，则祖己对其父所陈说之词，于礼亦不合。如以为在祖庚时作，则是时祖己恐已去世，因其弟祖庚已继位为王。……学者又谓祖己为殷臣，其说又有抵牾。……盖此文为周人所作，因其文法与西周金文相近，其中故事亦周人所杜撰，周人但知祖己之名贸然引用，而不知祖己乃王子而未就位者，故文中措词屡有失当之处。《西伯戡黎》乃周人对于殷代灭国事之宣传，假殷臣祖伊之言以出之，谓殷社将绝，乃曰‘天既讫我殷命’，又曰‘殷之即丧’，又曰‘今我民罔勿欲丧’。凡此数语，皆非殷臣对天子所应陈述之词。且此处言殷者二次，殷字为周人名商之词，此字甲骨文字中所未见。且文中述祖伊生时之言而称之曰祖，亦可证其出于后人所追述。……《微子》为周人攻击商人更激烈之文字，在《微子》中言商人无一可取，又文中屡用殷字。其所用语辞如‘微子若曰’‘父师若曰’，据金文以证之，‘若曰’之词皆出史臣之笔，如此重要言论不能出之史臣，亦可证《微子》非商代之文。”所以《诗经·商颂》和《尚书·商书》中虽然有天神观念的痕迹，但不能因此说商人已经有天神观念。顾立雅认为，天神观念是周人建立的，在没有打败商朝以前就有了，克商建立周朝后则更加发达。

天是周人的神，那么商人的神是什么呢？顾立雅在研究甲骨文字时发现“帝”字很常见，“殷人言帝或上帝，其见于孙海波氏之《甲骨文编》者有六十三处”，而“天”字则很少见，主要用法也是代“大”字。等到两个部落接触特别是周克商以后，帝与天出现了同化的趋势：“此事如希腊之 Hera 与罗马之 Juno 本二神，Aphrodite 及 Venus 亦二神；名虽异，其后二民族日渐同化，皆认为同一之神，帝与天字之关系亦如是。”顾立雅此文的最终结论是：“天之本谊为大人之象形字，即有地位之贵人。其后即以此名祖先大神，而此天字乃代表多数之祖先大神，执掌生民之事。其后用之既久，因多数之神所造成之集团，亦名为天，而忘其本有多数之义矣。在上之神名之曰天，因是名其所居之地亦曰天：此皆周人克商以前所用之义。及与商人文化相接之后，上帝之于商人，其性质如天之于周人。其后两民族日渐同化，以为上帝与天乃一神之异名。故周人之文字中同言一神，或名为天，或名为上帝：其意义之沿革如是。”

值得注意的是，虽然天与帝逐渐同一，但在西周金文、《诗经》以及《尚书》中，天用来指称天神的频率还是远远大于帝和上帝。顾立雅给出了这样一组数字：“在《诗经》中所有天字之作天神观念用者凡一百零六次，而帝字做上帝用者只三十八次。《尚书》中有七篇可定为周开国时之作者（《大诰》《康诰》《酒诰》《洛诰》《多士》《君奭》《多方》），在此七篇文字中天字凡见九十七次，帝字只见二十次。金文中可信为西周之作，而见于郭沫若《两周金文辞大系》及吴其昌《金文疑年表》者凡二百十九篇，其中天字共见七十五次，帝与上帝共见四次。”可见周人在指称天神时还是更偏向于使用自己原有的称谓。

## 四

和顾立雅一样，卜德在北京进修的主要科目也是中国哲学（他后来把冯友兰的《中国哲学史》译成英文），但随着阅读范围的扩大和生活体验的丰富，卜德逐渐认识到，中国的文化精神是异常丰富的，不仅体现在四书五经和其他经典著作中，也体现在老百姓日常的衣食住行之中。《燕京岁时记》很快进入了他的视野，该书是一部记录北京岁时风物民俗的专书，以新年第一天开始，逐日逐月地介绍各种节日、庙会、食物、游戏以及有关的名胜古迹，生动而全面地展现了老北京的风俗画卷。该书打动卜德的一点就是“书中一次都没有直接提到孔夫子”，他认为由此可以看出，“儒家虽然形塑了统治阶层和知识分子阶层的思想和道德，但对于一般老百姓的影响却相对很小，他们的思想意识更多地体现在日常的节日和习俗中”。1930 年代虽然离敦崇写作《燕京岁时记》的年代（完成于 1900 年，刊印于 1906 年）相去不远，但其中记录的一些节日已在淡化或消失。卜德在留学过程中对北京的生活越来越迷恋，

《燕京岁时记》英译本

他的翻译就个人来说是出于思古之幽情，而从学术上来说则是为了让西方读者更好地了解老北京的生活，从而让他们从社会底层的方面了解中国的思想。

翻译《燕京岁时记》(*Annual Customs and Festivals in Peking*)的一大困难在于其中有太多太多的专有名词，很难逐译。卜德的做法基本上是直译，遇到个别极难翻译之处则采取意译或部分省略的方法。例如在《灯节》一节中，敦崇列举了多种烟火的名目，卜德一一做了翻译：盒子(small boxes)、花盆(flower pots)、烟火杆子(fire and smoke poles)、线穿牡丹(peonies strung on a thread)、水浇莲(lotus sprinkled with water)、金盘(golden plates)、落月(falling moons)、葡萄架(grape arbors)、旂火(flags of fire)、二踢脚(double-kicking feet)、飞天十响(ten explosions flying to heaven)、五鬼闹判儿(five devils noisily splitting apart)、八角子(eight-cornered rockets)、炮打襄阳城(bombs for attacking the city of Hsiang Yang)、天地灯(lanterns of heaven and earth)。如此等等。又如在《九花山子》一节中敦崇列举的菊花名目多达一百三十三种，卜德翻译了绝大部分，个别实在难以传达的只好略而未译，如"汉皋解佩""文经武纬""沉香贯珠"，对此，卜德在页下的注释中请求读者予以谅解。

卜德的"译者前言"写于1935年9月21日，由此可知他在此前已经完成了翻译工作。译本正式出版是在

1936年，出版者是当时在北京十分活跃的法文书店，其老板是热心文化事业的法国人魏智（Henri Vetch），书店的办公室设在北京饭店。

## 五

留学生在北京期间都忙于自己的学业，但也不是完全“两耳不闻窗外事”。恒慕义的《关于文学革命的几点思考》（*Some Thoughts on the Literary Revolution*）一文最好地说明了这一点，该文发表在1926年的《新华文》（*The New Mandarin*，北京华文学校校刊）上。

恒慕义在文章的一开头就指出文学革命“是今天中国最有希望的运动，对中国人思想产生的深远影响远远超过辛亥革命”。为什么这么说呢？“因为中国今天发生的真正变化是在文化方面，而不是政治方面，所以大多数外国人都感受不到它真正的意义，他们一方面对中国文化了解甚少，另一方面习惯于从政治角度衡量所有运动（也是他们最熟悉的角度）。但中国与其说是一个政治体，不如说是一种文明体。所以与其用政治理念来衡量中国的发展，还不如用在广大帝国发挥凝聚和融合力量的文化来衡量。……遵循这样的民族特色，今天最有头脑的中国人关心的首要问题是重估他们的民族文化，而不是我们认为最急迫的问题——宪政、国会、投票。他们可能没有明说，但他们的行动表明辛亥革命是不成熟的。他们知道，政治的重组必须在文化的重建后才能水到渠成。当一个民族还没有统一的国语的时候，期望国会能够有所作为只是空想。当一种文字只有少数人理解而多数人不知所云的时候，全民教育、社会责任、政治民主等等美好的愿望只能是纸上谈兵。不去料理根部只去修理枝叶是不会有任何效果的。”恒慕义这段话很好地说明了用英文向外国人阐释“文学革命”的重要性，让他们明白，这场由几个文人学者发动的革命比辛亥革命更深刻地影响了中国未来的道路。

在接下来的部分，恒慕义集中笔墨说明了白话取代文言的必然性以及文学革命先驱所做出的贡献。文言对于中国一般的老百姓来说都很难，何况对于外国人呢？恒慕义在文章的最后说：“文言的艰深使大部分西方人根本无法掌握中国文明的要义。现在有了这个新的，也是简单得多的语言媒介，他们至少能够明白今天的中国人是如何看待他们古老文化的。这对于民族间的相互理解和将来国际间的友好相处都将发挥无法测量的影响。”这是就西方普通民众而言，对于专门研究中国的汉学家来说，文言虽然不是障碍，但白话显然更为明晰，更容易理解。恒慕义在北京期间的一项重要工作，就是将顾颉刚的《古史辨自序》翻译成了英文，这篇洋洋洒洒六万多字的文章不仅具有很高的学术价值，也被认为是现代白话散文的代表作（后曾收入周作人编选《中国新文学大系·散文一集》）。在恒慕义之后，陆续有西方汉学家开始将中国现代小说、诗歌等翻译成外文并展开研究，他们的目光不再只盯着古代的诗词歌赋。从学术上来讲，文学革命造就了一个全新的研究领域。

《中华读书报》2017 年 11 月 8 日

# 《中西交通史料汇编》的“Preface”

张星烺编著的《中西交通史料汇编》是中国20世纪的一部学术名著。全书六册，分为九编：（前编）上古时代之中外交通、（第一编）古代中国与欧洲之交通、（第二编）古代中国与非洲之交通、（第三编）古代中国与阿拉伯之交通、（第四编）古代中国与亚美尼亚之交通、（第五编）古代中国与犹太之交通、（第六编）古代中国与伊兰之交通、（第七编）古代中国与中亚之交通（上下）、（第八编）古代中国与印度之交通。编者主要利用了中国上古至明代的丰富史料，并佐以外国学者的论著，完成了这一极具学术价值的工作。

中华书局2003年版（四册）是该书现在最为通行的版本。该版“重印说明”有这样一段文字：“张星烺先生（1881—1951）字亮尘，江苏泗阳人。早年曾留学美国、德国，回国后先后担任北京大学、辅仁大学教授，主要讲授中西交通史。他编注的《中西交通史料汇编》(共六册)早在1930年便作为《辅仁大学丛书》第一种问世。书中将古代中外史籍中关于中西交通的史料按地区、年代先后汇辑，加以注释和说明，创见甚多。张先生亦以此书作为我国中外交通史学奠基者之一而享誉中外。此书在二十世纪五十年代以前曾由辅仁大学多次重印。我局也于1977年请朱杰勤先生重新将此书校订出版。校订工作主要是查对引书资料，改正错讹，统一编排体例，并将繁体字改简体横排。但新版当时只限制内部发行，印数不多，流传不广。此后近三十年间中外交通史(中外关系史)的研究已有许多新的发展，但由于张先生这套书资料比较集中，前人的研究成果亦多有参考之处，仍是目前中外关系史研究的基本参考书，所以现将它再重印。书中除改正排印中的错字外，还恢复了1977年版中被删去原书中的朱希祖序，自序和前编《上古时代之中外交通》(汉武帝以前的中外交通)。" 可见《汇编》前后有三个版本，1977年版是印数最少，也是最不容易看到的。

如果翻阅1930年初版，就会发现上述说明文字遗漏了一个信息，在朱希祖序、自序之前(也是全书最开始部分)还有一篇英文序言(Preface)，作者是当时辅仁大学校务长奥图尔(G. B. O'Toole)。在这篇简短的序言中，奥图尔校务长首先对张星烺的家学渊源(其父张相文是中国地学会和《地学杂志》创办人)表示了敬意，接着指出了张的优势和《汇编》的贡献："本书的主题是中国和其他国家的关系，就我所知，张教授是中国第一位全面讨论这一问题的专业学者。在他之前，西方学者如 Henry Yule、Henri Cordier、Jean P. G. Pauthier、Friedrich Hirth 都曾做过这方面的研究，但都不能像张教授这样熟练地使用中文文献。……西方的汉学家和历史学家通过欧洲和中亚的文献研究中外关系，积累了大量的知识和信息，对此张教授的学术训练可以让他毫无障碍地利用，同时他又能充分运用丰富的中文史料。这样他发现了很多此前无人知晓，或仅凭猜测的中外关系史实。他的这些发现对于有兴趣研究欧洲、中亚、东亚历史的学者都将大有助益。"研究中外关系必须中外兼通，张星烺既有深厚的国学基础，又在海外留学多年，确实具有得天独厚的优势。在《汇编》之前，他的代表作是将 Henry Yule 和 Henri Cordier 译注本《马可波罗游记》的"导言"翻译成了中文。不管外语多好，和外国学者相比，中文始终是中国学者的优势所在。

在众多的新发现中，让奥图尔校务长最感兴趣的是张星烺对于匈牙利人来源的考察。匈牙利人是否是匈奴人后裔？对此问题国外学者一直众说纷纭，张星烺在《隋书·北狄传》"铁勒"一节中找到了最早的可靠证据："北褥九离部即今匈牙利之祖先也。铁勒他部，或消灭，或式微，唯此一部唐末时迁入欧洲后，在欧洲历史舞台，演重要职分。中国《隋书》似为最先记录此族者也。西方各国记此族者，以阿拉伯依宾福次兰（Ibn Fozlan）为最先。福次兰于公元第十世纪初（五代时），奉阿拉伯哈利发（Caliph）之命，出使窝尔加河畔布尔加利国（Bulgars）。有《纪行书》流于后世。佛连恩（Fraehn）于一八二二年（清道光二年）尝译成法文题为《北褥九离记》（*De Bashkiris*）。福次兰时，北褥九离族居里海北，窝尔加河之东。其地至今仍有北褥九离族人也。”（中华书局2003年版第177—178页）用中外史料互相证明是《汇编》的最大特色，正如张星烺在《自序》中所说：“书既为叙述古代中西交通而作，若仅据中国文字，而不有西国记载，则仍是片面考古，而非完全信书。中国记载，证以外国事实，或外国记载，证以中国事实。于是乃全信矣。上下古今数千年，数千百条之记载，虽不能条条有证，而作书精神，则在于是。”

对于这样的“作书精神”，另外一位序言作者朱希祖给予了高度评价，他在序言的最后写道：“昔者马骕专治三代古籍，著成《绎史》，蔚为巨观。余尝为《中国史学史》，叙吾国史学之渐次进化。以马氏《绎史》为之殿，盖以其书为吾国史学体裁之最进化者也。其渊博骏伟，亦并世无两。今张君此书，视《绎史》更为进化；而其学殖之渊博，识见之骏伟，以视马氏又何多让耶！”朱希祖是研究中国史的大家，所以很自然地从中国史学的角度来评价《丛编》，而上文我们看到，奥图尔则强调张星烺对于 Yule、Cordier 等西方前辈学者的超越。一中一西，两位序言作者的角度恰好可以相互补充。

奥图尔是美国本笃会资深教士，1925 年 1 月被罗马教廷任命为辅仁大学第一任校务长（Rector），直到 1933 年 2 月德国圣言会接办辅大为止。他不像朱希祖是专业的历史学家，但他的这篇英文序言却不乏学术眼光，而且文字清通，要言不烦；同时作为《汇编》初版的一个组成部分，也自有它的史料价值。希望今后《汇编》再版时能够收入，至少作为附录。2003 年版的附录收入了著名中外关系学家冯承钧评《汇编》的文章，以及张星烺的答复，是非常有益的参考。

在民国北京，辅仁是与燕京齐名的教会大学。近年来国内关于燕京校史的研究很热闹，辅仁似乎有些被冷落了。为了改变这一失衡现象，我觉得从辅仁的出版物开始做起，不失为一个好的角度。

《中华读书报》2018 年 1 月 3 日

# 《曹禺全集》未收的英文讲演

由田本相、刘一军主编的七卷本《曹禺全集》（花山文艺出版社 1996 年版）是目前国内最为齐全的曹禺作品集，前四卷是戏剧作品，后三卷是剧论、剧评、书信等。在第七卷的最后附有“曹禺生平年表”，按照年代顺序记录了曹禺一生的文学活动和著作情况。在 1946 年 7 月 1 日条下，有这样的记录：“在纽约市政厅发表讲演：《现代中国戏剧》，后在美国《国家建设杂志》发表。”

但“年表”中提到的这篇讲演并没有收入《全集》，造成了第五卷“剧论、剧评”部分的遗珠之憾，这一部分收录了曹禺有关戏剧的文章八十多篇，但没有一篇是以整个中国现代戏剧为讨论对象的，而且绝大部分是解放以后发表的，1949 年以前的只有三篇：《关于话剧的写作问题》《编剧术》《悲剧的精神》。所以无论从哪个角度来说，曹禺在美国的这篇讲演稿都是意义重大的。

根据“年表”的提示笔者找到了这篇英文讲演，题为*The Modern Chinese Theatre*，载美国纽约出版的*National Reconstruction Journal*第七卷第一期（1946年7月），署名万家宝（Wan Chia-pao）。这篇16页的文章（第33至48页）分为8节，文辞优美淡雅，内容要言不烦。

导言部分曹禺开宗明义地指出，中国现代戏剧不是延续传统，而是一场革命，无论形式还是精神都是全新的。和唱念做打的旧戏大不相同，新戏以对话为主，所以在尝试了几个名称后被确定为“话剧”。

在第二节曹禺重点分析了话剧和传统戏剧的不同功能——这也是两者最大的差异。传统戏剧主要是娱乐大众，作家没有严肃的创作态度，而观众也只把演员当作戏子。更严重的是，传统戏剧宣扬一整套陈旧的观念，不是忠孝仁义，就是多子多福，要么就是教导人们乐天知命、安于现状。所以旧戏对于现代中国只能是一个“时代错误”（anachronism），与现实人生没有关联。在接下来的第三和第四节，曹禺以《王宝钏》和《西厢记》为例，进一步揭露旧戏的局限性——语言深奥、思想陈腐、无法适应现代社会。即使努力去改造，也很难获得成功，结果只会不伦不类，“就像在中国山水长卷上画一架轰炸机那样荒诞”。

在第五节曹禺简单叙述了话剧早期的发展史，赞扬了新剧团体在国内（春阳社、进化团）以及日本（春柳社）的尝试，也批判了“文明戏”的浅薄。早期话剧虽然幼稚，但其积极作用不容抹杀，“它的演员穿着现代的服装，说着老百姓的语言，没有歌唱和程式化的舞蹈，反映的是当下中国人的生活”。它让观众直面现实。

对于早期话剧的发展来说，《娜拉》（即《玩偶之家》）在《新青年》4卷6号上的刊载无疑是重大事件。在第六节的开头曹禺写道：“伴随着易卜生作品的译介，我们真正迎来了话剧的新时期。他在我们文化转型的关键时期到来，也成为我们真正了解的第一位西方戏剧家。我们高举双臂欢迎他的个人主义，并奉为我们的信条——强烈的个性、自由独立的精神、大胆的反叛、对现存环境的勇敢批判。对于我们的话剧来说，这是一个良好的开端。从他那里我们学到了第一课——如何写问题剧。”此后翻译学习西方戏剧成为一股不可阻挡的潮流，“我们开始派遣学生去欧美学习戏剧文学和舞台艺术，在国立北京大学的外文系增设了有关西方戏剧的课程，1922年第一个私立的现代戏剧学校（按：即人艺戏剧专门学校）建立了，仅仅三年后，由政府主办的同类学校（按即北京国立艺术专门学校）也建立了。此外，我们还有了自己的第一份杂志——《戏剧》于1921年创刊，上面刊载有关西方戏剧史、现代戏剧家、舞台艺术（化妆、布景、灯光、导演）等各类文章”。中国现代话剧受西方文学的重大影响是不争的事实，特别是“五四”新剧，曹禺在这节的最后列举了一个长长的名单。

1933 年 11 月第一个职业话剧团——中国旅行剧团在上海成立，成为中国现代戏剧史上的标志性事件。在第七节曹禺简要介绍了此前各类话剧团体的情况，它们分布在各大城市，也出现在中小城市甚至农村（如熊佛西主持的河北定县“农民戏剧”），同时它们的戏剧尝试也是各式各样，有现实主义、自然主义，也有浪漫主义、表现主义。但所有人（剧作家、导演、演员）都认识到建立自己戏剧的必要性，“外形可以是现代的，内容则必须是中国的”。总之，不能成为西方戏剧简单的翻版。

“战争给了我们新的刺激”，曹禺在第八节开篇写道。“大批戏剧工作者离开大城市，到了祖国的内地和边疆，我们有机会亲眼看到普通民众的艰苦和毅力，他们的勇气和善良给我们留下了难以忘怀的印象，这使我们更加关注小城镇和农村人的生活。在战争之前，我们的戏剧活动主要局限在大城市。”除了地域的变化，战争的另外一个刺激是让人们更加渴望民主化和工业化，这两大主题也在这一时期的戏剧中被反复表现。在文章的最后，曹禺再次强调了中国现代戏剧的目标：揭示现实、展望未来。

通观全文不难看出，曹禺这里只是大致鸟瞰了一下中国现代戏剧。他没有提到具体的作家作品，无论是胡适的《终身大事》、田汉的《名优之死》，还是洪深的“农村三部曲”。他本人的代表作（也是中国现代戏剧最具影响的作品）——《雷雨》《日出》也是只字未提。一个重要的原因估计是考虑到美国听众对这些内容完全不了解，讨论某个作家作品很可能让他们不得要领，而且演讲的时间毕竟也有限。

如果从1907年春柳社在东京演出《茶花女》算起，到曹禺发表演讲的1946年，中国现代戏剧已经有了四十年的历史。虽然时间不短，也取得了非凡的成就，但在当时的美国还没有什么影响。

说到中国戏剧在美国的影响，就不能不提1930年梅兰芳率团在美国多个城市的成功演出，对此曹禺没有回避，他承认中国传统戏剧的特色，特别是它的异国情调对于美国人的吸引力。但对于中国观众，曹禺认为“这样的旧戏不应该再上演了，因为它无助于教育现代公民，建立现代国家”。在第四小节的最后曹禺写道：“有人会问，为什么不让旧戏继续存在，让老百姓继续观赏呢？对我来说，答案很简单：如果美国戏剧继续莎士比亚时代的模式，演员仍然穿着伊丽莎白时代的服装，对话都是素体诗，美国观众会接受吗？”从“五四”时代起，中国话剧就是在批判旧戏中诞生和发展的，曹禺作为现代最成熟的话剧作家无疑也是这一传统最大的继承者。

回到“曹禺生平年表”中的那个条目，将讲演的英文题目 *The Modern Chinese Theatre* 翻译成《现代中国戏剧》是没有问题的，但将所载刊物 *National Reconstruction Journal* 翻译成《国家建设杂志》就不对了，因为该刊有现成的中文名称——《学术建国丛刊》，就印在封面上。该刊由“留美中国学生战时学术计划委员会”（Committee on Wartime Planning for Chinese Students in the U.S.）负责编辑，1942 年创刊，1947 年停刊。该刊由位于纽约的华美协进社（China Institute in America）出版，该社 1926 年由美国学者杜威（John Dewey）、孟禄（Paul Monroe）和中国学者胡适、郭秉文等共同创建，是非营利的民间文化机构，旨在通过教育、宣传等活动推广中国文化，增进中美两国人民的相互了解。

最后值得一提的是，曹禺此次美国之行还有一位作家同伴，就是老舍。老舍在美国的讲演和曹禺的刊登在同一刊物同一期上，题为 *The Modern Chinese Novel*（《现代中国小说》），署名 Shu Sheh-yu（舒舍予）。让人高兴的是，最新版的《老舍全集》（人民文学出版社，2013 年版）收入了这篇讲演，刊物名称——《学术建国丛刊》，其标注也是正确的。

《文汇报》2019 年 1 月 18 日

# 《大地》与中国形象在西方的改变

1938 年，也就是整整八十年前，美国小说家赛珍珠（Pearl S. Buck）荣获诺贝尔文学奖，成为第一位因描写中国而获此殊荣的西方作家。她的代表作《大地》（*The Good Earth*）不仅具有很高的文学性，更在改变中国形象方面发挥了重要作用。

## 一

进入二十世纪，一系列的事件使中国受到美国的关注：1900 年的义和团运动、1905 年上海和广东的商业行会对美国商品和商号的抵制运动、清末的改革运动以及继之而来的共和革命。这些运动使部分美国人——包括政治家、外交官和驻华传教士、记者和观察家——意识到，中国已经开始“觉醒”，这在他们看来无疑是值得赞扬的。

值得注意的是，上述美国人对中国“觉醒”的赞扬是与另一种心态相连的。他们认为，中国的觉醒是美国“施恩”于中国的结果，是美国使中国免于列强的瓜分，而且提供了中国改革者所需要的精神和思想工具，换句话说，美国乃是中国的“保护人”。这样，中国的“觉醒”和中国作为美国的“被保护者”就构成了二十世纪初叶部分美国人心目中的中国形象。但是，所谓中国的“觉醒”，只是以美国的标准来衡量的，所谓美国“保护”中国更是欺世之谈。尽管如此，中国形象毕竟在部分美国人心目中起了变化。

在将新的中国形象传递给更多美国人的过程中，传教士、记者、观察家们发现，他们能够有效地影响美国内外政策的制定者，但是对于广大民众却一筹莫展，因为普通美国人根本不读他们的文章和报道，通俗读物和电影是他们认识中国的主要来源，在那里，定型和恶劣的中国形象仍在继续。1910 年代出现的傅满洲小说系列满足了美国人对“黄祸”的恐惧心理和对中国人的偏见。与此同时，在电影这个出现不久的大众传媒中也出现了虚构的中国人形象。陶乐赛·琼斯在研究了这一时期美国荧幕上的中国和中国人后发现“在早期的故事片中，美国荧幕上经常描写的是比较下流的中国人的生活——鸦片烟馆、赌窟、拷问室等等；而被描写的中国人物，主要是神秘和刁钻的坏蛋角色，经常把他们描写成想要消灭西方人或全部白种人。

在二十年代里，出现了一系列以美国大城市的唐人街为背景的谋杀闹剧。可以说，在二十年代后期和三十年代初，美国荧幕把中国描绘成罪恶渊薮，已达到了顶点”（《美国银幕上的中国和中国人（1896—1955）》）。

反者道之动。三十年代初期恶劣到极点的中国形象对于1931年出版的《大地》可能并不完全是件坏事。与传教士、记者、观察家不同，赛珍珠没有用一种西方的标准来看待和描写中国，但是她的代表作却取得了巨大的成功。正如哈罗德·伊萨克斯指出的那样：“在所有喜爱中国人并试图描述、解释他们的美国人当中，没有一个能够做得像赛珍珠那样卓有成效。没有一本关于中国的书比她那著名的小说《大地》具有最强大的影响力。几乎可以说，她为整整一代美国人‘制造’了中国人，就像狄更斯‘制造’了维多利亚时代英格兰贫民窟中的人们那样。”（《美国的中国形象》）

值得指出的是，尽管《大地》出版后施展了巨大的影响力，但是它的出版过程并不顺利，这本身也很能说明当时的历史语境。在《大地》之前，先是《东风·西风》被好几家出版社拒绝，最后好不容易才被约翰·戴公司接受。后来《大地》也被一个出版商退稿，理由是人们不愿意读关于中国的东西。这一判断在三十年代早期是很有代表性的，正如一位评论家所说：“没有人认为一本关于中国的书能够卖出去，直到赛珍珠做到了这一点。”（《〈大地〉

的故事》）傅满洲小说系列的大受欢迎并不是一个反例，因为这些小说以及同一时期美国的其他中国题材小说，说到底都是关于生活在西方的中国人，作者们关注的焦点是西方而非中国。由此，我们不难理解 1931 年 3 月 7 日《星期日纽约论坛》一篇书评的结论："一年前赛珍珠的《东风 · 西风》出版时，我曾说那是第一部成功地用英文写中国的小说。现在，由于《大地》的出版，她可以算作第一流的小说家了……这就是中国，以前从未有人在小说里描写中国。"确实，赛珍珠的作品开始真正关注中国，她所描写的是真正生活在中国本土的中国人，特别是中国的农民，他们的生与死、爱与恨、贫穷与发达。

不夸张地说，是赛珍珠使大多数西方人看到了真正大多数的中国人的生活。《大地》对于消除种族偏见和改变中国形象起了重要的作用。也正是因为这部作品的新内容，才使它最终打破了出版界的坚冰并为"整整一代美国人'制造'了中国人"——一个值得同情并且让人钦佩的全新的中国形象。

## 二

《大地》原来的题目是《王龙》，后来赛珍珠接受编辑的建议才改用此名。编辑的确切意图现在已无法得知，但很可能他意识到，"龙"在西方人的心目中是一种凶恶可怕的动物，用这样的名字来作题目很可能引起读者的反感。但在小说中，王龙绝不像他的名字那么可怕。实际上，他在小说的前半部分主要被描写成一个诚实、勤奋并且对土地有着无限执着的人。小说的开篇，通过王龙简朴的婚姻、破旧的房屋以及全家寒酸的衣食，凸现了他的贫困。但是贫困并没有压垮他，更没有泯灭他对土地的渴望。为了要拥有自己的土地，王龙忍受贫穷、饥饿和屈辱，与天灾人祸搏斗，逐渐摆脱了寄人篱下的生活。在这一部分中，作者记录了王龙与土地的种种联系：为买地付出的艰辛、逃荒进城后土地之梦的不灭、买到土地后的兴奋、耕耘时的满足、丰收时的喜悦、遇灾后的悲哀……王龙对土地的执着源自这样一个信念：一切好的东西都来自土地。所以，当有人想利用饥荒低价收购他的土地时，王龙的愤怒是“他这辈子还从未有过的”，他喊道：“我要把地一点一点地挖起来，把泥土喂给孩子吃，他们死了我要把他们埋在地里，还有我、我老婆和我的老爹，都宁愿死在这块生养我们的土地上！”正是这样一种与土地的密切联系造就了王龙一生吃苦耐劳、尊老爱幼、扶贫济困的美好品质。

但是，当王龙发财成为地主后，他人性中的某些弱点也暴露出来。他很快娶了小妾并开始冷落糟糠之妻（虽然也让她衣食无忧），这是他一生中做得最糟糕的一件事。小说结束时，王龙已经奄奄一息。综观他的一生，我们可以说他没有远大的目标，同样他也没有邪恶的目的，他只是一个普通人，有着人的七情六欲。王龙是赛珍珠笔下性格组合面最多的一个人物，而在这众多的面向当中，他对土地的热爱这一面又得到了最充分的展示。所以从艺术上可以说，王龙是赛珍珠所塑造的最成功的人物形象。

王龙的身上存在这样那样的缺点和弱点，相比之下，他的妻子阿兰则更加受人尊重和同情。阿兰原是大户人家的丫头，自嫁给王龙那天起，便成为他的好帮手——白天种地、晚上照顾老人。每次生孩子，阿兰总是临产时才离开干活的田地，并且生完后很快又下地干活，整个生育过程都是一个人完成，从不要人帮忙。她只是干活，很少讲话。然而当大灾之年不明真相的邻居来抢东西时，是她向他们讲明了情况，化解了矛盾。大灾之年，她想尽办法给家人弄食物，但自己总是最后一个吃。但阿兰也不是圣人，只是一个很实际的农村妇女。当全家逃荒到南方后，她教孩子们如何讨饭。当二儿子偷来的一块猪肉被王龙发现后怒气冲冲地扔掉时，阿兰一边将它拾起来一边说：“肉毕竟是肉。”她同样也加入了饥民“抢大户”的行列并得到了一小袋珠宝。

像所有中国传统妇女一样，阿兰对丈夫言听计从。当王龙决定卖了那些珠宝买地时，她除了留下两颗外，全部给了王龙，使家庭迅速致富。甚至当王龙索要那两颗珍珠给他相好的妓女时，她也完全妥协。阿兰确实表现得比较软弱，但也并非完全没有个人意志。虽然她阻止不了王龙娶荷花为妾，但是她坚决不许荷花的丫头杜鹃进门，因为杜鹃曾在那个大户人家虐待过她。阿兰对荷花的消极抵抗维持了家庭的体面，同时她用一如既往每天默默的工作证明着自己的存在和价值。王龙最终重新发现了这一价值，从而也部分找回了失去的自我。阿兰在看到大儿子结婚成家后幸福地死去。

在《大地》中，赛珍珠除了塑造了王龙和阿兰这两个传统农民形象之外，还用了大量笔墨描绘中国农村的日常生活，特别是各种民俗。民俗是民间文化的主体。作为一种模式化和仪式化的行为，它既是社会生活的一部分，又是一种文化意识形态，其中蕴藏着一个民族的集体无意识。所以，对民俗进行描写，无疑有助于展示一个民族物质及精神生活的特征。

赛珍珠没有把王龙、阿兰写成完美的人，同样，中国也没有被赛珍珠描绘成一个完美的世界。她没有回避大地上的痛苦：洪水、旱灾、瘟疫所造成的饥饿和贫穷，以及土匪和军阀的骚扰。在这样的情况下，人们常常被迫做出一些可怕的事情，如杀死自己的孩子。过去一些西方作者常常拿这件事来说明中国人的残忍和邪恶，赛珍珠则完全不同，她真实地表现了中国农民在这件事情上的万般无奈。小说第八、九章提供了阿兰杀死第四个孩子的具体背景：长期的干旱造成谷物歉收，王龙一家一连数月没有粮食吃，在树皮草根都吃完的情况下，王龙决定举家逃荒到南方，而阿兰却在这个时候要生育。在这样的时刻，她唯一的抉择只有杀死孩子，这种万不得已的情况只能引起人们的同情而不是谴责。赛珍珠的描述使读者明白，是贫困杀死了婴儿，而不是因为中国人比别的民族更残忍。总的来说，贫困和痛苦不是赛珍珠表现的重点，在更多的时候，赛珍珠笔下的中国农村生活是富有田园风情的："田里的麦种发芽了，在湿润的褐色土地上拱出了柔嫩的新绿。在这样的时候人们就互相串门，因为每个农民都觉得，只要老天爷下雨，他们的庄稼就能得到灌溉，他们就不必用扁担挑水，一趟趟来来去去把腰累弯。他们上午聚在这家或那家，在这里或那里吃茶，光着脚，打着油纸伞，穿过田间小路，一家家走来串去。勤俭的女人们就待在家里，做鞋或缝补衣服，考虑为过年做些准备。"

总之，《大地》所传递的是这样一个中国形象：在传统的乡土中国，勤劳朴实的中国农民在土地上耕作，他们过着传统的大家庭的生活。赛珍珠的笔调基本上是肯定和赞美的。

## 三

《大地》于 1931 年在美国纽约出版。1932 年获得普利策奖，1935 年获得豪威尔斯优秀小说奖。尽管赛珍珠获得 1938 年诺贝尔文学奖是基于她的多部作品，但是一般认为《大地》对瑞典文学院的选择起了决定性的作用。

《大地》不仅赢得了学术界的承认，更受到了广大读者的热烈欢迎，在美国连续畅销达两年之久。根据出版商约翰·戴公司的估计，《大地》的众多版本和重印本累计起来超过了二百万册。

1932年，《大地》被改编成戏剧在百老汇上演。1936年，它被米高梅公司拍成电影，并获得了极大成功。1937年该片获奥斯卡最佳影片奖，路易丝·雷纳因成功扮演阿兰而荣膺奥斯卡最佳女主角奖。根据制片商的统计，大约二千三百万美国人观看了此片。

哈罗德·伊萨克斯在调查了美国人心目中的中国形象后指出："包括小说和电影，《大地》几乎单枪匹马地以对中国形象更加实际的写照，取代了大多数美国人自己想象出来的中国和中国人形象。的确，《大地》取得了为面目不清的中国人提供清晰面目的伟大功绩。"（《美国的中国形象》）

由于《大地》的出现，从1931年起中国人在美国的形象不再是廉价和肮脏的苦力，不再是"异教"的野蛮人，不再是威胁西方文明的"黄祸"。他们也不是一群由傅满洲带领的恶棍，而是像王龙、阿兰那样诚实、勤劳的农民。像美国的农夫一样，他们热爱土地，并且同样具有勤劳节俭、吃苦耐劳、坚韧不拔、好客友善的美好品格。跟美国农夫相比，中国农民可能要多一些迷信而少一点宗教信仰，但绝不邪恶和愚蠢。或许美国读者不能理解，为什么王龙在饥荒时会把最好的食物留给老人而不是孩子；或许他们也不能理解，为什么阿兰能够忍受王龙的另寻新欢而不坚决反抗。但是他们明白：中国人没有什么神秘或特殊的地方，他们同样梦想着美好的生活，同样对厄运和死亡感到恐惧，他们和自己是差不多的人，既不更好，也不更坏。

这就是《大地》向美国人展现的中国形象。为什么这一形象能够迅速而广泛地传播呢？

首先，王龙和阿兰的故事写得一波三折，引人入胜。一位美国读者这样描述阅读体验："读了几页之后，我忘记了自己是在读一个中国男人和女人的故事……好像我和这些男男女女生活在一起，他们和我们不同的仅仅是穿的衣服和居住的土地。"《每月书刊新闻》的评论这样写道："这个令人非常激动的小说中的人物不是'古怪'和充满'异国情调'的。他们自然得像他们的土地。他们如此富于人性以至于第一章之后我们便对他们的人性而不是他们的信仰和习俗更感兴趣。"（西奥多·哈里斯《赛珍珠传》）上文中提到，赛珍珠在《大地》中对中国农民的"信仰和习俗"投入了大量的笔墨，也彰显了中国特色，但是读者们对此似乎没有表现出太多的兴趣，而是将注意力集中在故事和人物的性格上。这固然是由于小说描写的生动性，使读者们很快忘却了国家和文化之间的差异，但另一个可能更重要的原因在于，当读者接触到一个陌生的文化文本时，他们往往更倾向于寻找和关注自己以往熟悉的东西。在这方面《大地》并不缺乏。

赛珍珠在《大地》中极度渲染的是中国农民对土地的热爱，这首先满足了读者对“相似性”的要求。保罗·多伊尔指出，《大地》所描绘的人物“并不仅仅是中国人，而是全世界农民的代表。他们的奋斗、喜悦和失望是一致的。这一特点被读者立刻发现了”。(《赛珍珠传》)

其次，对美国读者而言，王龙和阿兰简朴的生活态度很可能引起他们的共鸣。从清教徒开始，经过杰斐逊、梭罗直到二十世纪，美国文化一直推崇生活简朴，把它当作民主的象征，以反衬炫耀铺张的欧洲贵族生活。《大地》完美地体现了这一生活态度。在小说的前半部分，王龙的力量是和纯朴的个人努力密不可分的；后来他的堕落正是因为背弃了这一生活态度。从这个道德模式来看，王龙非常贴近美国人喜闻乐见的霍雷肖·阿尔杰笔下的人物。从1867到1899年，阿尔杰创作了一百多部作品，大都描写贫穷但诚实的小伙子从衣衫褴褛到富贵尊荣的故事。它们在二十世纪初更加受到欢迎，影响了几代人的思想。这些小说都强调人要辛勤劳动，要有决心和毅力，但同时也表达了对财富的怀疑态度。《大地》在这些方面与之相似。发迹固然是好事，但财富过多往往意味着道德败坏，阿尔杰和赛珍珠的小说都说明了这个道理。

一个好的作家应该将读者熟悉的东西陌生化，使本来陌生的东西显得熟悉，赛珍珠在《大地》中做到了这一点，尽管她并不完全是有意识的。

最后，时间为《大地》的广受欢迎做好了准备。1931年《大地》的出版恰好与日本对中国东北的进攻同步。战争把美国人的注意力吸引到了受害者——中国一方。当日本的零星进攻扩展为全面侵略，美国人对中国的同情也随之升级时，由《大地》改编的电影出现了。尽管电影内容没有涉及战争本身，但美国人明白，日本人侵略的是王龙、阿兰的土地。

《大地》的出版也正赶上美国经济大萧条的年代。1930年代美国面临经济危机，又赶上干旱和沙暴，在交互逼迫之下，百万户农民家庭只得背井离乡。在这种情况下，农民的苦难和坚韧成为这一时期许多小说的题材，最著名的如《烟草路》《飘》《愤怒的葡萄》等。在《大地》中，王龙一家是从北往南，躲避灾荒。在《愤怒的葡萄》中，约德一家是从东往西，寻找新的机会。所以，《大地》虽然讲的是中国农民的故事，但说到底，它讲的是土地，对此美国人并不陌生。王龙和阿兰在土地上挣扎，与天灾人祸做斗争的故事不难引起大萧条年代美国人的共鸣。

## 四

《大地》的成功使勤劳、坚韧的中国农民形象深入人心，这首先带来了一个“实际的影响”。胡仲持在1933年《大地》中译本“序”中写道：“《大地》这小说多少转变了欧美人对于我国的观感，那实际的影响是值得注意的。一九三一年秋，正是《大地》在美国风行的时候，我国发生了严重的大水灾。在政府所收到的从国外汇来的赈款中，美国人所募捐的占着大部分。那原因，据美国红十字会会长写给作者的信中说，就由于王龙一家人遭遇旱荒的故事，深切地感动了美国人的缘故。”其次，当抗战爆发后，美国人认为日本是在侵略王龙和阿兰的家园，杀死他们的孩子。对他们来说，中国人不再是一个抽象的概念，而是有了具体的形象。与赛珍珠为中国抗战募捐、发表演讲、写文章等工作相比，《大地》的认识和美学功能对中国的帮助显然更为重要。

《大地》不仅改变了美国人的中国观，也改变了中国人在其他国家和人民中的形象。联合国教科文组织1970年的一份调查表明，赛珍珠的作品曾被译为145种不同的语言和方言。与文字作品相比，同名电影的影响力还要巨大。根据陶乐赛·琼斯1955年的研究，“影片《大地》从十八年前首次发行以来，一直在世界各地循环映出。在这段时期中，影片曾在183个国家和地区上映，计有四千二百万观众人次和将近二千三百万美国观众人次”。作者由此认为：“可以有把握地说，这部影片不仅在我国，也在全世界，比其他任何一本书、一个文件或一部影片，说得上是比较真切地表现了中国的思想和形象。”（《美国荧幕上的中国和中国人（1896—1955）》）上述的两组数字很能说明问题。美国历史学家詹姆斯·汤姆生认为，赛珍珠是“自十三世纪的马可·波罗以来描写中国的最有影响的西方作家”。（《赛珍珠的多重世界》）这并非过誉之辞。

《大地》对赛珍珠以后的创作也产生了重大影响。《大地》的成功使她一夜之间从一个默默无闻的妇女成为名声显赫的“中国通”，此后她的每一本关于中国的作品都受到公众的关注。如果赛珍珠只是在1931年出版的《大地》中隐约地表明了龙与中国人的关系，那么，在十年之后的《龙子》中这种关系就非常明确了。赛珍珠此时可以将“龙”放在题目上而用不着担心会引起读者的反感。因为通过阅读《大地》，读者们对“龙”早已有了新的和善意的理解。《大地》也给赛珍珠以后的作品带来了不利的影响——每当她有新作问世时，人们总是拿《大地》与之相比，而且每每认为不如《大地》。这也从另一个方面说明了《大地》的影响。

《中华读书报》2018年12月5日

# 七十年前，中外名家汇聚《中国》

1946年，由美国汉学家、芝加哥大学教授宓亨利（Harley F. MacNair）主编的《中国》（*China*）一书由加州大学出版社出版，被作为第五种列入联合国丛书（The United Nations Series）。该丛书的总目标在于“推动二战时期盟国间的互相理解与和平年代的彼此合作”。前四种——《捷克》《荷兰》《波兰》《比利时》——出版时，二战还没有结束，被编为第一辑，《中国》则作为和平时期的第一本问世。

全书分为6大部分：文化背景、历史与政治发展、哲学与宗教、文学艺术与教育、经济与重建、回顾与前瞻；各部分又分为若干章节，共34章。

第一部分“文化背景”三章：（1）民族塑造（韩玉珊），（2）主导思想（Derk Bodde［卜德］），（3）近期的考古发现（William C. White［怀履光］）。

第二部分“历史与政治发展”九章：（4）夏商史（Luther C. Goodrich［富路特］），（5）周史（陈梦家），（6）汉魏六朝隋唐史（邓嗣禹），（7）宋元明清史（Franz H. Michael［梅谷］），（8）中国社会与外族入侵（Karl A. Wittfogel［魏特夫］），（9）民国早期的军阀混战（宓亨利），（10）民国后期的动荡（Paul M. A. Linebarger & Robert E. Hosack），（11）社会革命（Agnes Smedley［史沫特莱］），（12）二十世纪的国际关系（Esson M. Gale［盖乐］）。

第三部分“哲学与宗教”八章：（13）中国思想（胡适），（14）民间宗教（Lewis Hodous［何乐益］），（15）早期儒家（John K. Shryock［谢理雅］），（16）宋明理学（陈荣捷），（17）道教（Homer H. Dubs［德效骞］），（18）佛教（Clarence H. Hamilton），（19）基督教（Kenneth S. Latourette［赖德烈］），（20）现代哲学的趋势（陈荣捷）。

第四部分“文学艺术与教育”十章：（21）书法、诗歌、绘画（Florence W. Ayscough［艾思柯］），（22）艺术（蒋彝），（23）建筑（Henry K. Murphy［茂旦］），（24）戏剧（熊式一），（25）古代文学（王际真），（26）当今世界之中国文学（Pearl S. Buck［赛珍珠］），（27）战争年代的文学与艺术（Dryden L. Phelps），（28）美国文学中的中国（Alice T. Hobart），（29）现代教育（Francis L. H. Pott［卜舫济］），（30）科举考试与西方（邓嗣禹）。

第五部分“经济和重建”三章：（31）经济发展（吴

景超），（32）农业（裘开明），（33）国际贸易（李卓敏）。

第六部分“回顾与前瞻”一章：（34）世界大家庭中的中国（David N. Rowe［饶大卫］）。

从以上的列举不难看出，该书涉及中国各方面的情况，相当于一部小型的百科全书。宓亨利在写于1946年3月9日的“编者序言”中说，他希望这本《中国》除了服务于丛书的总目标之外，还能“体现学界有关这个具有数千年历史的文明古国的最新研究成果”。为了实现这一目标，他动用了自己所有的人脉资源，找到了33位作者，其中11位来自中国，22位来自西方，他们都是中国研究各个领域的知名专家。

中国作者方面阵容强大，胡适、陈梦家不用说了，蒋彝是著名画家、诗人，当时任教于伦敦大学；熊式一是著名戏剧家、翻译家，虽然只在国内受过教育，但英文绝佳，曾将《西厢记》全本首次翻译成英文，享誉海内外。吴景超、韩玉珊是学者型官员，分别在国民政府经济部和中央银行任要职，其余几位则在著名大学任教和工作：王际真（哥伦比亚大学）、邓嗣禹（芝加哥大学）、陈荣捷（达特茅斯学院）、裘开明（哈佛燕京学社）、李卓敏（西南联合大学），他们和吴景超、韩玉珊一样，都是留美博士。

国外学者的阵容同样豪华，既有汉学教授，如卜德（宾夕法尼亚大学）、富路特（哥伦比亚大学）、梅谷（西雅图华盛顿大学）等，也有“中国通”，如怀履光、盖乐、何乐益等。德效骞、赖德烈等重量级学者的加盟更是引人注目。名气更大的可能还是这三位：茂旦、卜舫济、赛珍珠。茂旦是美国著名建筑家，燕京大学、金陵女子大学、湘雅医学院等教会大学的校园都是由他一手设计的。卜舫济曾长期担任上海圣约翰大学校长（1888—1941），是闻名遐迩的教育家。赛珍珠于 1938 年获得诺贝尔文学奖，是第一位因描写中国而获此殊荣的西方作家，她在中国前后生活达三十年之久。

把这么多中外作者召集起来绝不是一件容易的事情。《中国》一书虽然在战后出版，但联络组织和分头写作却是在二战中完成的。宓亨利在“编者序言”中特别感谢了陈荣捷、邓嗣禹、陈梦家三位学者，说他们在某些作者答应写稿但最终没有交稿的情况下及时地伸出了援助之手（came to the rescue）。翻开《中国》不难发现，在众多作者中，只有陈荣捷、邓嗣禹撰写了两个章节，是“援助”的最好说明。至于陈梦家，早年以写新诗闻名，后来转行研究中国古文字和古史，同样卓然成家，但英文并不擅长。二战后期他在芝加哥大学讲学，和宓亨利有同事之谊，便于被抓来帮忙，《周史》一章是陈梦家一生极为少见的英文作品。

中外这么多专家学者同场献艺，水平的高下立刻显露出来。《中国》出版后，费正清（John K. Fairbank）、毕乃德（Knight Biggerstaff）、孙念礼（Nancy Lee Swann）等学者很快发表了书评，他们对中国学者的专业水准给予了一致的肯定，特别表扬了裘开明，裘是图书馆学方面的专家，但所写的《农业》一章资料翔实，分析细密，显示了深厚的学术功力。对于自己的美国同行，则评价不一。他们认为《主导思想》（卜德）、《早期儒家》（谢理雅）、《道教》（德效骞）、现代教育（卜舫济）、《世界大家庭中的中国》（饶大卫）等几章内容充实，堪称精彩；而《战争年代的文学与艺术》（Dryden L. Phelps）、《美国文学中的中国》（Alice T. Hobart）等几章比较单薄，差强人意。他们还认为《书法、诗歌、绘画》一章论题不集中，每个论题都是蜻蜓点水，不够深入。这章的作者艾思柯不是别人，正是编者宓亨利已故的夫人（1942 年去世），这一章是她生前的一篇旧作，不同于其他章节都是新作的情况。如果是中国的书评者，很可能会照顾编者的情面，对此存而不论，但几位美国评论者却很较真。这其实是对的，学术就是学术。

几位评论者最为欣赏的是魏特夫撰写的《中国社会与外族入侵》一章。当时西方学界普遍接受这样一个观点：中国历史上外族入侵中原后迅速被汉化。魏特夫通过重点研究辽代二百多年的历史后发现，实际情况要复杂得多，“只有在征服王朝的权力结构瓦解后，完全的文化融合才有可能”（英文版 114 页）。魏特夫早年在德国接受教育，深受法兰克福学派的熏陶，是最早用社会学方法研究中国的学者之一。1937 年移民美国后，他把这套理论和方法也带到了英语世界。

多人合作写书，除了水平不一之外，语言表述、行文风格、名词术语的使用等都有差异，这对编者来说绝不是一件轻松的事情，何况《中国》的篇幅长达 573 页。芝加哥大学历史教授 Earl H. Pritchard 在读完全书后这样写道："13 个章节是中国人写的，21 个章节由西方人执笔，他们的教育和学术背景存在相当大的差异，但全书的风格做到了基本一致，清晰、简明的语言一以贯之，有关人物、地点、年代等的信息没有出现前后龃龉的情况，各章之间重复的地方也只有很少几处。"总体来说，普里查德认为该书取得了"编辑上的胜利"（editorial triumph），宓亨利为此类集体著作的统稿树立了典范。

普里查德的评论是中肯的，但他只注意到了"统一"的方面，没有谈到"不统一"的地方。学者们对于同一问题存在不同看法，甚至是完全相反的看法，对此宓亨利采取了尊重作者、完全保留的态度。比如关于佛教，邓嗣禹认为它"逐渐给予一种刺激，并丰富了中国文化"（81 页）；蒋彝认为大量中国艺术家"吸收了佛教，从中获取了灵感"（335 页）；何乐益认为"寺庙给被生活所迫的农民提供了一定程度的物质和精神安全"（238 页）；这些都是正面的评价，但胡适却表示反对，他在自己的章节中说："中古中国面临的一个大问题是如何从宗教狂热中解放出来，在我看来，中国的理性和人本主义被印度破坏了。”（227 页）此外关于孔子的评价，关于科举考试的作用，学者们在不同章节中的表述也有不小的差异。如果这些差异还只是在个别观点的层面上，那么全面的对立则表现在关于民国的两章，著名左翼作家史沫特莱认为中国共产党领导的是伟大的社会革命，而亲国民党的两位美国政治学教授 Linebarger 和 Hosack 则把革命根据地的建立看作是对蒋介石政权的威胁。

如果《中国》出自一人之手，这种前后矛盾的表述是完全不能接受的，但因为是多人合写，这样的矛盾不仅可以接受，而且还可能是一种优势——使读者了解不同的观点，不轻易被一种意见所左右。

在《中国》之前，美国出版过多种类似的综合性著作，最有影响的是卫三畏 1848 年的《中国总论》（*The Middle Kingdom*）和赖德烈 1934 年的《中国历史与文化》（*The Chinese: Their History and Culture*），都是个人著作。以一人之力来书写整个中国，虽然勇气可嘉，但难免浮泛。卫三畏在 1883 年修订版《中国总论》的“前言”中说：“我相信以后的学者不会再尝试写这样一部概论式的作品，而是会像李希霍芬（Ferdinand P. W. Richthofen）、亨利·玉尔（Henry Yule）、理雅各（James Legge）等那样专注于一、两个相关的领域。” 确实，学术的发展必然走向专业化和精密化。卫三畏提到的三位学者都来自欧洲，在19世纪的美国还没有这样的人物。“专注于一、两个相关的领域”的美国汉学家要到1930年代才被培养出来，他们开始取代业余从事研究的传教士成为中国学的主导力量，并逐渐形成了一支队伍，这就为合作研究和写作提供了条件。在《中国》之前，第一个成功的范例是出版于1943—1944年的《清代名人传略》(*The Eminent Chinese of the Ch'ing Dynasty, 1644-1912*)，该书收录清代近三百年间约八百位著名人物的传略，由学者们分头撰写，然后汇集成书。值得注意的是，虽然该书的主编是美国人恒慕义(Arthur W. Hummel，国会图书馆东方部主任)，不少美国学者也参与了，但大部分内容是由中国学者（特别是房兆楹、杜联喆夫妇）帮助完成的。《中国》一书虽然也邀请中国学者加盟，但至少从章节数量上来看，美国学者占据了主导地位。

《中国》是又一次成功的集体合作，也集中展示了美国汉学的新进展。日后成为美国中国学领袖的费正清一方面为取得的成绩感到兴奋，另一方面也指出了存在的问题。他在书评最后一部分指出，《中国》一书体现的主要还是人文领域的研究成果，社会科学明显不足，即使是讨论政治、经济等问题，也基本是从历史学的角度切入，因此他呼吁“社会科学家应该更加关注中国”(greater attention to China on the part of social scientists)。费正清写这篇书评时刚回到哈佛大学（二战期间他被借调到美国政府工作），在此后的三十多年中，他以哈佛为基地，将自己开创的“地区研究”（regional studies）模式推广到全美。这一模式的主要特点在于强调各种社会科学方法（政治学、经济学、社会学、人类学等）的训练和运用，具体到中国研究，就是要将传统汉学与社会科学相结合。关于如何开创汉学研究的美国模式，费正清后来曾有一系列论述，早已为学界所知，但他这篇为《中国》所写的短评却从未有人关注，其中已经包含了他日后所提出的核心概念的萌芽。

《中华读书报》2016 年 12 月 14 日

# 韩南与三部言情小说

韩南（Patrick Hanan，1927—2014 ）是美国著名的中国文学研究专家，1968 年起任哈佛大学东亚语言与文明系教授，1987—1995 年任哈佛燕京学社社长。韩南不仅研究中国古代、近代文学，而且本人亲自动手翻译，在近代中国小说方面，他有三部译作：*Stones in the Sea*（《禽海石》）、*The Sea of Regret*（《恨海》）、*The Money Demon*（《黄金祟》）。前两部译作合为一册以 *The Sea of Regret: Two Turn-of-the-Century Chinese Romantic Novels* 为名由夏威夷大学出版社于 1995 年出版，后一部由夏威夷大学出版社于 1999 年出版。韩南的译文质量自属上乘，译文前的“序言”则更是非常精彩的研究论文。实际上，韩南之所以选择翻译这三部小说正是出于他深入的学术思考。

虽然吴趼人的《二十年目睹之怪现状》（1903 年成书）在近代开创了第一人称叙事手法的运用，但他并没有坚持始终；其后续之作《近十年之怪现状》（书名已没有了“目睹”二字）更是回到了传统的全知叙事角度。于是出版于1906年的《禽海石》就成为第一部严格意义上的第一人称叙事的小说，韩南认为它完全可以被称为一部真正的“私小说”，而且比日本的同类小说要早数年出现。这部小说自诞生之日起就一直没有受到读者和研究者足够的重视，所以韩南决定将它翻译出来，以此来表示对它的价值的肯定。

与《禽海石》的不甚为人所知相反，出版于同年的《恨海》则是晚清最知名的小说之一。胡适曾认为《恨海》“叙事颇简单，描写也不很用气力”（《五十年来中国之文学》）；韩南不同意这一看法，认为这是最杰出的中篇小说，并从两个方面驳斥胡适：一是小说对主人公棣华在逃难过程中面对恐怖和暴力时的心理折磨有非常精彩的描述，大量的心理独白是这部小说的一大特色；二是《恨海》成功运用了第三人称限制叙事手法，是晚清小说少数几个范例之一，作品以焦点人物棣华为中心，告诉我们她的思想、感觉和行动，并且坚持不从任何外在的视点为我们做出解释，其手法的谨严只有吴趼人的另一部作品《上海游骖录》和刘鹗的《老残游记》可以相提并论。

如果说上述观点还不完全是发前人所未发的话，那么下列观点则是韩南的独创了：《禽海石》与《恨海》是有关联的，《恨海》的写作是为了回应《禽海石》。为了证明这一论点，韩南首先从情节上考察了这两部出版时间仅差5个月的小说，发现它们有惊人的相似：两部小说的故事都是开始于19世纪90年代北京的一个大宅院里，宅院被租给新上任的官员，然后该官员又将一部分房屋转租给另一位新上任的官员。男女主人公们在家塾中第一次见面，最终与对方订婚。可惜，在结婚前夕，他们因为义和团起义而被迫南逃。两部小说都有一方父母留在京城，或因为父亲觉得不应该放弃职务，或是相信义和团会获得胜利，结果他们都为这一决定付出了生命的代价。另一相似之处在于，逃亡的人都是经过天津、沿大运河南下上海，经历了惨痛的旅程。两部小说末尾都是死别的场景，而死因又都跟鸦片有关。这么多的相同相近，显然不是巧合。

韩南从作品的思想方面加以考察，又发现两者虽然都标举“写情”小说，但对“情”的看法却截然相反：《禽海石》借主人公之口张扬情感自由，抨击传统的婚姻制度；《恨海》则认为儿女之情与传统儒家伦理并不矛盾，个人的感情如果不能维护社会的价值，就只能叫做“痴”和“魔”。种种迹象表明，《恨海》是为了同《禽海石》唱反调而写作的。

正因为这两部小说之间有如此紧密的关联，所以在出版英文译本时韩南将它们放在了一起。韩南认为，即使两部小说之间没有这样的具体联系，仍然应该放在一起来读，因为它们都是中国作家在世纪之交对于大量涌入的西方思想的反应，当然是不同的反应。

《黄金祟》( 1913 年成书 ) 是最早的自传体言情小说，一般被看作是“鸳鸯蝴蝶派”的代表作，但韩南认为它与典型的鸳蝴小说其实是有区别的：叙事者有多个而不是一个情人，小说也不是以常见的悲剧结局，这些差别来自小说的自传性质。虽然小说并不能与作者的实际生活一一对应，但基本有迹可循，而自传体也使叙事者不必遵循常规的叙述逻辑，而只须根据实际生活中事件之间的联系来展开情节；另外金钱的主题也比一般的鸳蝴小说更为突出，这一点从小说题目就可以一目了然。

《黄金祟》是用文言文写的，也是该小说的特色之一。从民国建立到 1917 年，即文言被横扫、废除前几年，文言小说创作出现了繁荣局面，特别是用文言写的“鸳鸯蝴蝶派”小说大量出现，不能不说是一个奇特的现象。对此韩南提出了三点解释：一是林译小说的影响；二是当时报纸上的文章几乎都是用文言，而很多小说是先在报纸上连载然后才成书的；三是文言对于写情小说更为合适 ( 幽默和讽刺小说则用白话更适合 )，而读者对于用诗词来表达情感的传统方式仍然十分认同。韩南认为《黄金祟》还有一个不容忽视的价值在于，它主要是写童年和青年时代的生活，而在五四以前，中国文学中写童年生活的很少见。

《博览群书》2010 年第 1 期

# 野外的死鹿、蔓草和爱情

## ——评傅汉思《梅花与宫闱佳丽》

美国汉学家傅汉思（Hans H. Frankel）先生的《梅花与宫闱佳丽：中国诗选译随谈》（王蓓译，三联书店 2010 年 4 月版）是一本非常有意思、有特色的中国文学研究著作。作者选取了中国历代一百零六首诗歌（其中包括若干辞赋），按主题和文体进行分类，逐一加以翻译和分析，以此来说明中国诗歌的特点。其中《诗经》选得最多，共八首，分别是《召南·野有死麕》《周南·桃夭》《陈风·月出》《郑风·野有蔓草》《王风·君子于役》《郑风·叔于田》《卫风·木瓜》和《鄘风·桑中》。"国风"是《诗经》的精华所在，这八首都是名篇，也比较容易理解，选来作为标本是合适的；由此我们可以管窥全书选目的特点，体会作者的意图："我的这本书的意向读者是那些对中国诗歌感兴趣的人。它面向从未学过汉语的人，处于学习过程中的人，以及正在为这项学习是否值得付诸努力而犹豫不决的人。但是那些已经掌握了汉语的读者，包括中国诗歌方面的专家，我希望也会通过阅读找到本书更多的意义。”（《前言》）所以，对于中文世界的读者来说，这本书具有多方面的价值，其中一个方面就是看看傅汉思先生如何将古老的中国诗歌翻译成现代英语，特别是其中由他本人率先翻译的那五十首作品。

《诗经》中的八篇不在这五十首之列。傅汉思这本书的英文原著（*The Flowering Plum and the Palace Lady: Interpretations of Chinese Poetry*）出版于 1976 年，在他之前英语世界已有多个《诗经》译本，比较重要的有 1871 年理雅各译本、1937 年魏理译本、1954 年庞德译本。对几种译本进行一些对比观察无疑有助于我们对《诗经》原文和翻译的理解。下面我们选两首试做一点分析。其一，《召南·野有死麕》：

野有死麕，白茅包之。有女怀春，吉士诱之。
林有朴樕，野有死鹿。白茅纯束，有女如玉。
舒而脱脱兮，无感我帨兮，无使尨也吠！

这里比较难译的一句是“有女怀春，吉士诱之”。理雅各译为“There is a young lady with thoughts natural to the spring, And a fine gentleman would lead her astray”；魏理译为“There was a lady longing for the spring, A fair knight seduced her”；庞德译为“A melancholy maid in spring is luck for lovers”；相比前人，傅汉思的译文与原文建立了最佳的对应“There is a girl longing for spring, A handsome man seduces her”。按“怀春”的意思是说姑娘芳心已动，有求偶之意，未必一定是在春天，尽管从该词的语源来说与春天有关（《周礼·地官·媒氏》云：“中春之月，令会男女，于是时也，奔者不禁。”）。以上几种翻译都比较拘泥于“春”的字面意思，无论是“春天的情思”（thoughts natural to the spring），还是“渴望春天”（long for spring），似乎都没有做到得意忘言。庞德更是落入言筌，“有女怀春”到了他笔下成了“春天里一个忧郁的少女”（a melancholy maid in spring），这样一位少女对于求爱者来说无疑是再合适不过的对象（luck for lovers）。这样的翻译倒是简洁，但原文中的不少深意被忽略了。

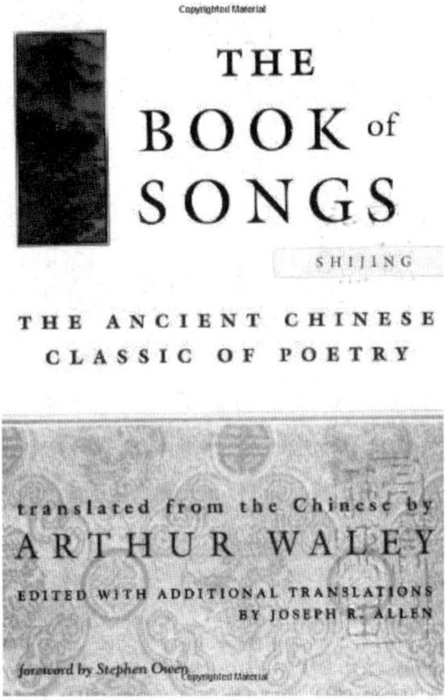


魏理《诗经》译本

“吉士诱之”的“吉士”从字面看是“吉祥的人”,用“auspicious”

（吉祥）是合适的，用“handsome”（漂亮）、“fair”（美丽）、“fine”（美好）似亦无不可。但把“士”译为“knight”（骑士）则出于魏理的想象，无论是上古还是中古，中国从来没有出现过欧洲那样的骑士。骑士的一个重要标志是对妇女彬彬有礼，一定不会动手动脚，出现下文“感”（通“撼”，拉拉扯扯的意思）姑娘之“帨”（佩巾）的行为。用西方的标准来看，这小伙子不要说是骑士，连绅士（gentleman）的标准都很不够。傅汉思直截了当地译为“man”（男士）虽稍觉简单，倒没有这样的毛病。

傅汉思

如果深究这位“吉士”的身份，我想很可能是一个猎人，野外那头死鹿是他打死的，“野有死麕，白茅包之”无非是夸示自己的本领，诱惑姑娘跟他去野外看那头死鹿——当然这只是向她求爱的借口。这小伙子大有激情，在口头劝诱的同时，还动手去拉姑娘的佩巾。所以姑娘发出了这样的警告：“舒而脱脱兮，无感我帨兮，无使尨也吠！”

魏理、庞德认为这句话含有姑娘被诱奸的意思，庞德甚至认为强奸已经得手，姑娘的贞操也像鹿一样死去了（dead as doe is maidenhood）。这些理解实属过度阐释；还是理雅各说得比较在理，他认为这句话是姑娘“警告她的求爱者离开”（warning her admirer away）。更准确地说，是警告他不要动作过火。

这里的一个关键是如何理解“无使尨也吠”。如果姑娘害怕被人强奸，她应该让尨（猛狗）狂叫起来才对，为什么反而害怕狗叫起来呢？她无非是担心动静太大，容易引起别人特别是家长的注意而已。钱锺书先生在《管锥编》中解释“尨吠”这一问题时有一段精彩的论述：“王涯《宫词》：‘白雪猧儿拂地行，惯眠红毯不曾惊。深宫更有何人到，只晓金阶吠晚萤。’高启《宫女图》：‘小犬隔花空吠影，夜深宫禁有谁来？’可与‘无使尨也吠’句相发明。……而十七世纪法国诗人作犬冢铭，称其盗来则吠，故主人爱之，外遇来则不作声，故主妇爱之，祖构重叠。盖儿女私情中，亦以‘尨也’参与之矣。”领会钱先生的言下之意，此时这位中国姑娘的心情应和那个法国主妇相似，她表面上很严肃，而其实对小伙子还是很有意思的，只是警告他动静不可太大。《郑风·将仲子》中亦有此意，其中的姑娘虽然很想念仲子，而又担心他行动过火，将引起“可畏”的“人言”。

傅汉思在解释这首诗时引进了一个前人未曾论及的原型模式：“即猎人追逐（有时是猎杀）鹿的行为等同于男

人追求（有时是强奸）女子。”（中译本第11页）他指出这样的模式在西方很多国家的民间故事和文学传统中频繁出现，比如《浮士德》中的欧福良就把他所追求的姑娘比作“脚步轻盈的小鹿”，而把自己称作“猎人”（第三幕第二场）。此外他又详细分析了英国民歌《三只乌鸦》和德国民谣《夜猎者》中的猎人和鹿的原型。这样的分析无疑非常富有启发意义，也充分显示了西方学者在研究中国古代文学时宽阔的比较文学视野，与钱锺书先生一贯主张并付诸实施的“打通”中西相视而笑。

这样的视野贯彻了傅汉思先生的全书，读来极有兴味，对中文世界的读者来说尤其是如此。本书的译文流畅优美，读来让人不忍释卷，充分显示了译者很好的中西文学功底。

傅汉思先生把《召南·野有死麕》放在“人与自然”这一类（第一章），放在这一类别中讨论的第一篇是萧纲的《梅花赋》，该赋的前半描写梅花（1—32行），后半描写宫闱佳丽（33—52行）。开宗明义，书名也就由此而得来。《野有死麕》是接下来的第二首，第三首是另一篇《诗经》作品——《桃夭》。傅汉思认为这首诗描写的是自然与人事的和谐，“它赞美新娘就像桃树一样——二者都青春勃发，美丽动人。同时，它也起到咒语的作用，试图把桃树丰产多子的特性传递给新娘。”（中译本第37页）这一分析是很有道理的。《桃夭》采用的是比较典型的比兴手法，《梅花赋》则基本继承了这一手法："诗人在形容梅花的时候间接地描绘了宫闱佳丽的形象，而在描绘宫闱佳丽的时候也间接地形容了梅树的形象。"（中译本第8页）所以无论是梅树，还是桃树，都是用来起兴的。按照这样的思路，傅汉思认为那头野地里的死鹿也有同样的功能，它间接地形容了那个怀春的少女。显然，傅汉思在那个原型模式——猎人追逐（有时是猎杀）鹿的行为等同于男人追求（有时是强奸）女子——中更倾向于"有时"的情形，也就是说，他在以往的解释中更倾向魏理、庞德，而不是理雅各。但这样的理解颇有值得商榷之处。事实上夹在《梅花赋》与《桃夭》之间的《野有死麕》大抵是叙事，也就是"赋"。不错，中国诗人确实"常常感觉到'寄托'某种情感的需要，即将此情感联系到某种具体的物件、形象、景色或自然现象之上"（中译本第38页）。这个讲究兴寄的特色用刘勰的话来说，就是"拟容取心"（《文心雕龙·比兴》）；可是我们知道，除了"比""兴"之外还有"赋"，而直书其事的"赋"乃是最常见、最基本的表达方式。

联系《郑风·野有蔓草》来看，事情将更加清楚。魏理认为全部《诗经》按主题可分成十七类，在爱情诗这最大的一类中他认为最有代表性的是《野有蔓草》。傅汉思选译的八首《诗经》作品也可以说全是爱情诗，而直接归在"爱情诗"一类（第五章）中讨论的只有两首，即《郑风·野有蔓草》和《陈风·月出》。《野有蔓草》诗云：

野有蔓草，零露漙兮。有美一人，清扬婉兮。邂逅相遇，适我愿兮。

野有蔓草，零露瀼瀼。有美一人，婉如清扬。邂逅相遇，与子偕臧。

其中“邂逅相遇，适我愿兮”是关键的一句，理雅各译为“We met together accidently, And so my desire was satisfied”；魏理译为“By chance I came across him, And he let me have my will”；庞德译为“I met by chance my clear-eyed man, Then my joy began”；傅汉思的翻译则是最能与原文一一对应的“Unexpectedly we meet, Fitting my desire”。从以上的译文我们可以看出，所有的人都把“邂逅相遇”理解成“不期而遇”，这样的理解虽然也是有道理的，但在闻一多先生看来，恐怕就显然是过于保守了，他引经据典地进行了这样的解读：“陈奂《诗毛氏传疏》辩得极清楚，他讲邂逅当依《绸缪》释文作解覯。《淮南子·俶真篇》‘孰有解構人间之事’，高《注》云：‘解構，犹合会也。構与覯通。’逅，《五经文字》亦作覯。再证之‘男女覯精’，则邂逅本有交覯的意思。《尔雅·释诂》：‘覯，遇也。’然则遇字也有同样的意义。这样看来，‘邂逅相遇’，不是邂逅，便是遇，总有一个是指性交那回事的。”（《诗经的性欲观》）换句话说，这里描写的是一出“野合”的场景。这种情况在上古是毫不稀奇的，为了增加人口，促进农业生产，统治者对此大抵采取放任的态度，甚至还有些鼓励的措施（如前引《周礼·地官·媒氏》，参见江绍原《礼部文件之六：〈周官〉媒氏》），人们对非婚生子女毫不歧视，伟大的圣人孔子不就是野合的产物吗？

这首诗的口吻一般认为是一位女子，理雅各、魏理、庞德都是这么处理的，而傅汉思则认为更像是一位男子，所以他用“There is a beautiful woman”来翻译“有美一人”，同时在注释中说，也可以翻译成“There is a good-looking fellow”。确实，这首诗中的人物关系不像《野有死麕》中那么清晰。“适我愿兮”“与子偕臧”可以出于男子之口，也可以出于女子之口；或者前一章出自男子，后一章出自女子（依闻一多说）。如果认定这后一章或全诗出自女子之口，那么她对于爱情以及亲密接触的大胆追求在《诗经》中大可名列第一。

其实，《野有死麕》中那位女子也并不是那么矜持的。闻一多先生在解释“帨”字时指出：“《礼记·内则篇》曰：‘女子生，设帨于门右。’盖帨所以象征女性，故设帨以纪念女子之生。《诗》言‘无感我帨兮’，亦以此物之具有象征意义，故视同神圣，而戒人之犯之也。虽然，诗人之义，微而隐，蔽之即所以彰之，又焉知戒之非即所以劝之哉？”（《诗经通义》）按照闻先生的解释，则姑娘不但对于小伙子的动手动脚岂但没有生气，反而内心十分高兴，甚至希望他采取更进一步的行动。《诗经》时代的妇女还带有初民刚健质朴的特色，比较大胆和直接，根本不像后来的妇女那样羞涩和做作。

朱熹《诗集传》解释“诱”字时说：“吉士以白茅包其死麕，而诱怀春之女也。”这两位青年男女交往的细节朱熹没有提到，事情恐怕不是吉士（他应当是一位猎手）把那只死麕扛到该少女家门上打算送她，而是把那猎获物留在野外，空着手跑来，引诱这位姑娘跟他一起到野外去把那只死麕烤熟一道享用——林庚先生释“白茅包之”的“包”为“炮”，并进而说“白茅包之”乃是一种“原始火食方法”，其遗意见于后来的“叫花鸡”。（《读诗札记二则》）此说甚有意趣。据此可以推知，小伙子与姑娘见面的地点应该是在姑娘家门口，而不是在野外——如果是在《郑风·野有蔓草》中所写的野外，这位姑娘或许也会表现得更为热情奔放吧。

照这样看来，《野有死麕》一首最好从第一章《人与自然》中挪出，改入第五章《爱情诗》，与同为“赋”体的《野有蔓草》并列。多么美好的野外啊。

《读书》2012年第2期

# 文学家司马迁的异域知音
## ——华兹生与《史记》

华兹生（Burton Watson，1925—2017）是美国当代最负盛名的中国典籍翻译家，曾将孔、墨、老、庄等先秦诸子的著作和杜甫、苏轼、陆游等人的诗歌翻译成英文，影响极为广泛。《史记》是他翻译的起点，两卷本 1961 年由哥伦比亚大学出版社推出，此后五十多年一直是英语世界的标准译本。华兹生与《史记》携手走过了半个世纪。

### 一

华兹生第一次接触《史记》是在 1950 年的秋天，当时他正在哥伦比亚大学攻读汉学研究的硕士学位，为了寻找学位论文的题目，他选修了富路特（L. Carrington Goodrich）教授开设的中国文献学课程，在课上他读到了《史记·游侠列传》，立刻引起了浓厚的兴趣，并决定以此作为硕士论文题目。

在接下来的几个月中，华兹生一边逐字逐句地研读《游侠列传》，一边将其翻译成英文。当时在哥大教授汉语的是华裔学者、翻译家王际真（Chi-Chen Wang），每当遇到难解的字句和不熟悉的术语，华兹生就会向王老师请教。王际真学问很大，脾气同样很大，经常不留情面地教训学生："你竟然不知道这个词是什么意思？"此时华兹生学习汉语已有五个年头，阅读一般文献毫无障碍，但对付太史公还是非常吃力。

碰巧的是，此时华兹生的室友韦伯（Herschel Webb，后来成为哥大的日本史教授）也在为太史公伤脑筋。韦伯的硕士论文是关于《大日本史》（江户时代水户藩编纂的汉文纪传体日本史），这部近四百卷的史书正是以《史记》为楷模，1715 年德川纲条为该书撰写了序言，其中引用了《史记·伯夷列传》。韦伯硕士论文的一部分内容是将德川的序言翻译成英文，为此他和华兹生反复研读伯夷叔齐的故事，并就如何翻译成英文仔细推敲。

后来回忆这段经历时，华兹生认为自己最早接触的两卷——《游侠列传》和《伯夷列传》并不是进入《史记》最适合的门径，因为其中有不少晦涩和棘手的地方。但他认为这同时也是好事，从一开始就提醒自己：《史记》是不好对付的，翻译《史记》更是难啃的硬骨头。

1951 年 6 月华兹生完成硕士论文后，为期三年的奖学金也结束了，这个奖学金是对他二战期间服兵役的酬劳。继续读博士没有资金支持，找工作也很困难，只好寻找美国之外的出路。当时中国大陆和美国隔绝，香港和台湾也处于动荡中。于是华兹生决定去日本，他通过在哥大访学的一位日本教授在京都找到了两份工作，一是在同志社大学教英文，一是在京都大学做著名汉学家吉川幸次郎教授的研究助理。1951 年 8 月他用最后的一点奖学金买了张去日本的船票。

当时吉川幸次郎得到美方的资助，正在研究中国文学中的对仗问题。华兹生的工作是将他的一些初步成果，特别是有关杜甫诗歌的研究翻译成英文。虽然在中文系注册为研究生，但由于日语水平太低（在去日本之前只学过一年），华兹生一开始根本没法听课。后来日语能力提高了，才上了吉川教授的几门课，但都是关于中国诗歌的，和《史记》基本无关。

大约一年后，华兹生接到哥伦比亚大学狄百瑞（Wm. Theodore de Bary）教授的来信，询问是否可以为其主编的《中国传统资料集》（*Sources of Chinese Tradition*，1960 年出版）撰写关于汉代的部分，华兹生经过考虑后答应了。汉代文献当时已经翻译成英文的有《论衡》《盐铁论》以及部分的《淮南子》，但是大多数著作，包括《史记》，都得读原文，工作量不小，有吸引力的是工作费用优厚。华兹生辞去了在同志社大学的英语教课任务，全力投入文献的阅读和写作。《史记》再次进入他的视野。

完成《中国传统资料集》汉代部分（出版时作为该书的 7—10 章）后，华兹生决心修改自己的硕士论文（关于游侠及其在汉代社会的地位）。在京都一年多时间里，他接触到不少《史记》研究的日文资料。他将修改后的稿子投给了《哈佛亚洲学报》（*Harvard Journal of Asiatic Studies*），结果被拒，但这不仅没有打击他，反而点燃了他继续认真研究《史记》的热情。他开始通读《史记》并做大量的笔记，使用的版本是泷川资言《史记会注考证》，该书广泛采纳了中、日关于《史记》的研究成果，历来为学界所推重。华兹生随后将笔记进行了分类，以类相从，并据此写成小型论文，这一工作集中在 1954 年冬和 1955 年春。1955 年夏返回纽约时，他的博士论文已经初步形成了。

此后的一年他一边帮忙编辑修订《中国传统资料集》，一边完成哥大对博士学位的各项要求。读博士正常的顺序是先修学分，后参加口试，再写论文。华兹生则是反其道而行，他修完学分参加口试时，博士论文的初稿早已在导师的手中了。1956 年 6 月他带上了方帽子，此后根据王际真、富路特、狄百瑞的意见，他对论文进行了修改，并于两年后由哥大出版，题为《太史公司马迁》（*Ssu-ma Ch'ien: Grand Historian of China*），该书分为五个章节，全面论述了司马迁所处的时代和他杰出的史学成就。

华兹生《史记》译本

不难想象，华兹生的下一步计划是更为全面地翻译《史记》，狄百瑞教授听说后，表示可以纳入他正在主持的“东方经典译丛”（Translations from the Oriental Classics），并且建议华兹生申请哥大的研究经费。得到这笔经费后，华兹生决定将京都作为翻译工作的地点。富路特教授从提高汉语口语的角度出发，建议他去台湾（也为他日后回哥大教汉语打下基础），但是华兹生已经很习惯日本的生活，没有理会富教授的建议，于 1956 年秋再度前往京都。

在离开美国前，华兹生去拜访一位在哈佛的朋友，两人一同参观哈佛燕京学社，见到了那里的几位教授。当朋友向柯立夫（Francis W. Cleaves）教授介绍华兹生时，称他为“准备翻译《史记》的了不起的年轻人”，柯立夫说他对《史记》一向很有兴趣，问了华兹生一些有关的翻译问题，最后又问：“你打算花多少年的时间来完成这一工作呢?” 华兹生不假思索地回答说“三年”，柯立夫的脸色一下子沉了下去，他转头看着窗外，大声说：“如果你说的是三十年，我差不多可以接受。”两人的谈话就此结束了。

三年翻译《史记》绝不像说起来那么容易，只有一个人，而且资助也很有限。华兹生决定尽量压缩译者序言和注释的篇幅，并且选择《史记》中故事性比较强的内容，以便更适应普通读者的需求。他的想法得到了狄百瑞和哥大出版社的支持，他们希望《史记》的第一轮大规模英译本是更偏向于通俗性而不是学术性。

1956 年秋在京都安顿下来不久，期盼多年的《史记会注考证》再度印刷，华兹生终于拥有了自己的一套《史记》，不用再反复借图书馆的了。他基本在家里工作，只是偶尔去一下京都大学图书馆查找相关资料。在他翻译的过程中，多种《史记》的现代日语译本出版了，为华兹生的翻译提供了有益的参考。这些译本同样很少注释，目的读者也是普通大众，它们的出版对华兹生来说是个鼓励，既然日本读者对《史记》有这么大的需求，在美国，至少也有人会感兴趣吧。当然华兹生也清楚地意识到，大部分受过教育的日本人至少听说过《史记》，也知道它的重要性，但在 1950—1960 年代的美国这种情况是不存在的。

翻译开始后，华兹生很快发现，他的主要问题不在中文，而在英文。在中文的理解上，直接依靠中、日两国的注释家就可以了，不用太费神，但如何用英文传达太史公优美、简洁的笔法，特别是那些传神和富有表现力的对话，则是大费周章。另外大量的专有名词和花样繁多的称呼也是头疼的问题。

凡是讲究译文效果的人必须考虑这些问题，华兹生的情况也不例外，在这方面他的日本导师无法给他什么帮助。吉川教授，或者田中谦二教授（当时正在做一个《史记》的节译本），关于中文文本的问题大抵有问必答，而有关英文表达的问题，华兹生只能根据自己的判断了。

1959年底，也就是三年后，华兹生的翻译工作按期完成。经过一年多的修改和编辑加工，两卷精装本英译《史记》于1961年秋天问世，题为*Records of the Grand Historian: Translated from the Shih Chi of Ssu-ma Ch'ien*。此时华兹生已经回到哥大执教一年了。

## 二

华译《史记》没有按照原书的次第，而是根据主题进行了重新编排。

上卷《汉朝早期历史》（*Early Years of the Han Dynasty*）分为11章，展示了公元前209—141年汉朝的建立（1—6章）和对政权的巩固（7—11章）：（1）反叛的开始——卷四十八《陈涉世家》；（2）被打败者——卷七《项羽本纪》；（3）胜利者——卷八《高祖本纪》、卷十六《秦楚之际月表》(节译);(4)重臣——卷五十三《萧相国世家》、卷五十五《留侯世家》、卷五十六《陈丞相世家》;(5)乱臣——卷八十九《张耳陈馀列传》、卷九十《魏豹彭越列传》、卷九十一《黥布列传》、卷九十二《淮阴侯列传》、卷九十三《韩信卢绾列传》、卷九十四《田儋列传》;(6)忠臣——卷九十五《樊郦滕灌列传》、卷九十六《张丞相列传》、卷九十七《郦生陆贾列传》、卷九十八《傅靳蒯成列传》、卷九十九《刘敬叔孙通列传》、卷一百《季布栾布列传》;(7)统治者——卷九《吕太后本纪》、卷十《孝文本纪》、卷十一《孝景本纪》、卷十二《孝武本纪》;(8)皇后——卷四十九《外戚世家》;(9)大家族——卷五十《楚元王世家》、卷五十一《荆燕世家》、卷五十二《齐悼惠王世家》、卷五十四《曹相国世家》(节译)、卷五十七《绛侯周勃世家》、卷五十八《梁孝王世家》、卷五十九《五宗世家》;(10)叛军领袖——卷一百六《吴王濞列传》(附《汉兴以来诸侯王年表》、《高祖功臣侯者年表》、《惠景间侯者年表》三卷节译);(11)能臣——卷八十四《屈原贾生列传》、卷一百一《袁盎晁错列传》、卷一百二《张释之冯唐列传》、卷一百三《万石张叔列传》、卷一百四《田叔列传》。

下卷《汉武帝时代》(*The Age of Emperor Wu*)紧接上卷,全面展示了公元前140—100年间的政治、经济和文化状况,分为4章:(1)天地人——卷二十八《封禅书》、卷二十九《河渠书》、卷三十《平准书》；（2）政治家、将军和外国人——卷一百七《魏其武安侯列传》、卷一百八《韩长孺列传》、卷一百九《李将军列传》、卷一百十《匈奴列传》、卷一百一十一《卫将军骠骑列传》、卷二十《建元以来侯者年表》（节译）、卷一百一十二《平津侯主父列传》、卷一百一十三《南越列传》、卷一百一十四《东越列传》、卷一百一十五《朝鲜列传》、卷一百二十三《大宛列传》、卷一百一十六《西南夷列传》、卷一百一十七《司马相如列传》、卷一百二十《汲郑列传》；（3）叛乱策划者——卷一百一十八《淮南衡山列传》；（4）合传——卷一百二十一《儒林列传》、卷一百一十九《循吏列传》、卷一百二十二《酷吏列传》、卷一百二十四《游侠列传》、卷一百二十五《佞幸列传》、卷一百二十七《日者列传》、卷一百二十九《货殖列传》。

上下两册共翻译了65卷，正好是《史记》全部130卷的一半，从篇目不难看出，列传是华兹生的重点，内容最多，其次是世家，本纪和十表八书最少。华兹生在“译者前言”中表示，他希望自己的译本带给读者的是“一连串的好故事”（a collection of good stories），换句话说，文学性是他选择的着眼点。从翻译手法来看，他也以流畅、优美为目标，极力体现司马迁作为文学家的成就。《史记》固然是史家之绝唱，也是无韵的《离骚》，华兹生显然更看重后一点。

两卷本出版后，虽然学界有一些批评的声音——特别是针对缺少学术性注释这一点，但真正的明眼人却给予了高度的评价。著名历史学家、哈佛大学教授杨联陞在书评（载《哈佛亚洲学报》1961 年卷）一开始就指出，华兹生是把《史记》作为文学经典（literary classic）而不是历史文献（historical data）来进行翻译的，所以用历史学的标准来要求无异于缘木求鱼。他在通读上下两卷后，认为“华兹生对《史记》的语言有出色的把握（superb grasp），译文的可读性（readability）和可信度（reliability）是上乘的”。

精装本出版后销量不错，几年后出版社建议华兹生从两卷中选出一部分出平装本。华兹生部分接受了这一建议，在原有的译文中选了 14 篇，同时增译了汉代以前的 5 篇，形成了一个新旧结合的版本，内容依次为：《伯夷列传》《伍子胥列传》《田单列传》《吕不韦列传》《刺客列传》《项羽本纪》《高祖本纪》《秦楚之际月表》（节译）《萧相国世家》《留侯世家》《淮阴侯列传》《郦生陆贾列传》《刘敬叔孙通列传》《河渠书》《魏其武安侯列传》《李将军列传》《大宛列传》《酷吏列传》《货殖列传》。列传在这里所占的比例更高了，《伯夷列传》和《货殖列传》恰好是《史记》列传部分的一头一尾，也被移植到了这里。单卷平装本于 1969 年出版，题目为 *Records of the Historian: Chapters from the Shih Chi of Ssu-ma Ch'ien*。

随着时间的推移，精装两卷本和平装一卷本在市面上都难以获得了。修订再版的想法逐渐浮上华兹生的心头。1989 年他访问香港中文大学，和该校翻译研究中心负责人讨论了这一想法的可行性，翻译中心最终同意和哥大出版社合作推出三卷的新版本——前两卷为 1961 年版的修订本，是关于汉朝的内容，第三卷为新增的关于秦朝的历史。1990 年华兹生在翻译中心工作了半年，全力进行修订和翻译。三卷精装本于 1993 年面世。新增的秦朝卷不像前两卷汉朝部分那样依据主题排列，而是直接按照《史记》原有的顺序选译了 13 卷:《秦本纪》《秦始皇本纪》《六国年表》《商君列传》《樗里子甘茂列传》《穰侯列传》《白起王翦列传》《范雎蔡泽列传》《吕不韦列传》《刺客列传》(节译)《李斯列传》《蒙恬列传》《滑稽列传》(节译)。

新的三卷本出版后，有学者建议华兹生将《史记》其他卷目也翻译出来，以成完璧。华兹生经过认真考虑后，决定止步于三卷选译本。他认为自己对《史记》的兴趣始终在文学方面，三卷本已将《史记》中文学性最强的内容全部呈现。再说，要翻译《史记》全文必须面对一些困难的章节，如礼书、乐书、律书、天官书等，需要非常专门的知识，而这是华兹生所不具备的。就学术而言，知其不可而不为，是明智的。

## 三

就三卷的大部分内容来说，华兹生应当视为《史记》最早的英译者。只有个别篇目前人也曾翻译过，比如《李斯列传》。

1938 年美国学者卜德（Derk Bodde）出版了他的博士论文——《中国第一个统一者：从李斯的一生研究秦代》（*China's First Unifier: A Study of the Ch'in Dynasty as Seen in the Life of Li Ssu*），该文以李斯的生平事迹为切入点，从政治、社会、经济和哲学活动等方面探讨了秦朝统一中国的原因。作为美国秦史研究的开山之作，该文从英文文献的角度来看，最大的贡献在于将《史记·李斯列传》翻译成了英文，是英语世界最早的全译文。

学术是在发展的。卜德之后有华兹生，华兹生之后则有倪豪士（William H. Nienhauser）。就在华兹生三卷本出版的第二年，倪豪士领衔的《史记》全译本第一册问世了，翻译工作从 1980 年代末开始，到目前为止，一共出版了 6 册，分别是汉以前的本纪、汉代的本纪、汉以前的世家（上）、汉以前的列传、汉代的列传（一）、汉代的列传（二）。根据计划，全部出齐将有 12 册之巨。倪豪士曾多次表示，希望在自己的有生之年完成这一名山事业。

对于倪豪士的翻译小组而言，华兹生的译本无疑是最为重要的参考。五十多年前，当华兹生独自一人开始翻译时，他能参考的英译本非常有限，对他帮助最大的是沙畹（Edouard Chavannes）的法译本（*Les Mémoires historiques de Se-ma Ts'ien*）。从1895年到1905年，沙畹用十年功夫将《史记》的十二本纪、十表、八书、三十世家中的十七篇（至《孔子世家》）陆续翻成法文并分五册出版。沙畹以“信”为最高目标，译文附加大量的实证性注释，学术性极强，不仅是他个人的最高成就，也成为西方汉学的标志性成果。

沙畹的五大册是学术性翻译的典范，彰显的是《史记》的史学价值。或许是因为有这样的典范在前，并且难以超越，华兹生才把文学性和“雅”作为自己的翻译路向。他把工作重点放在沙畹没有来得及翻译的七十列传，内心深藏的可能是“为往圣继绝学”的雄心吧。

《读书》2016年第3期

# 扬州研究英文著作六种

扬州是中国的历史文化名城，自 1950 年代开始就引起了海外学者的关注。但大部头专书的出现还是近二十年的事情。本文大体按照时间顺序简要介绍六种比较主要的英文著作，供专家和读者参考。

## 一

1996 年丹麦学者易德波（Vibeke Børdahl）出版了《扬州评话探讨》（*The Oral Tradition of Yangzhou Storytelling*），在国际汉学界产生了很大的影响。这是有史以来西方学者对于中国地方曲艺和口头文化做出的最深入的研究。

中国有悠久的口头文学传统，但以往西方学者的注意力主要集中在用文字记录下来的那一部分——从《诗经·国风》、汉魏乐府到明清话本，对于当代还依然活跃的评书、弹词等关注较少。研究前者，在图书馆就可以进行；而对于后者则首先需要做实地的观察和记录，就像当年乐府的采诗官员一样，坐在家里是不行的。为了做好自己的研究，从 1986 年到 1992 年，易德波多次前往扬州采访评话演员、观摩他们的表演并进行录制和文字转写。她还虚心地向当地的专家学者请教，得到了他们热心的帮助。有了这样扎实的前期工作，她能做出开创性和系统性的研究，也就不奇怪了。

“扬州评话”又名“维扬评话”“扬州评词”，俗称“说书”，即以扬州方言说讲故事，流传于苏北、镇江、南京、上海和安徽东北部地区。扬州评话的奠基人是柳敬亭（1587—1671），从他算起，这门口头艺术已经四百年了。

易德波的专著分为两个部分，第一部分在简要介绍了历史和文献之后，分章讨论了扬州评话在语音、语法、文体、叙述等方面的特点。第二部分是扬州评话艺人现场表演的文字记录，作者选取了最有代表性的王派《水浒传》、吴派和康派《三国演义》以及戴派《西游记》的经典段落。易德波对第二部分的工作非常重视，因为说书是一门表演艺术，虽然也有底本，但各人在实际演出时差异很大。虽然前人也做过一些记录工作，但易德波发现它们不够“忠实”。比如 1950 年代整理的王少堂（1889—1968）说“武松打虎”，易德波发现与实际表演的差距至少在三个方面：

一，难懂的方言词语和段落被删除了；二，“低级趣味”的段落被删除了；三，部分冗长的段落被改写，以使内容更紧凑。这类本子在易德波的研究中只作为二手文献来使用，她这样解释自己对“一手资料”的理解：“首先，看书面材料不是真的‘听书’；其次，书面材料经过整理，在语言、结构和思想方面都有一定的改变。所以，如果把研究建立在这种材料基础上，对于我来说，就失去了科学的价值。而我所寻找的常常正是那些在‘改正了’的版本中被删去的部分。于是，从研究一开始，我就尽量去获得评话艺人真实的声音，把他们的现场说书录制下来，再将录制下来的段子变成我的研究材料。”

在资料上追求“原生态”，在研究方法上，易德波则发挥了自己在语言学上的特长，她特别考察了说书人两种不同的语言方式——方口（square mouth）和圆口（round mouth），前者较为正式，讲究抑扬顿挫，多用于叙述故事，后者方言土音较浓，多用于人物语言。这种差别，扬州方言区以外的人是不太容易察觉的，更为难得的是，易德波还关注到了方口和圆口在不同说书人身上的差异，最好地体现了她作为专家的精深之处。

## 二

1645 年扬州被清军攻占之后，往日的繁荣消失殆尽。

从那时开始到17世纪末，扬州一直处于重建当中。美国学者梅尔清（Tobie Meyer-Fong）2003年出版的《清初扬州文化》（*Building Culture in Early Qing Yangzhou*）一书以此为主题，重点讨论了文人学士在重建中的积极作用。如果说《扬州评话探讨》关注的是草根文化，那么该书则致力于精英文化的探讨。

全书分为五章，分别是（一）重建扬州；（二）红桥——人物与意义；（三）文选楼——纪念碑和杜撰的历史；（四）再创造和娱乐——平山堂；（五）天宁寺的制胜奇观。可见，作者无意于面面俱到，而是精心选取了扬州四个著名景点来结构自己的专著。其中红桥是作者最先探讨，也是最有意味的一处景点。它初建于明末崇祯年间，和萧统的文选楼、欧阳修的平山堂、宋徽宗赐名的天宁寺相比，历史要短暂得多，但在清初却远近闻名，这主要归功于王士祯（1634—1711）的巨大努力。

在扬州担任推官（1660—1665）期间，王士祯经常在红桥附近主办诗酒宴会，广交扬州和天下才俊，著名文人如诗人吴伟业、冒辟疆、孙枝蔚，戏剧家孔尚任、李渔、尤侗等都曾是他的座上客。随着王士祯朋友圈的扩大，红桥的名气也越来越大。“昼了公事，夜接词人”，朋友眼中的王士祯是那么风雅。更让他们念念不忘的是两次规模宏大、影响深远的修禊活动，在王士祯的主持下成功举行，进一步扩大了红桥的知名度。修禊是一种古老的民俗，人们借春天到水边嬉游来消灾祈福，后来演变成一种文人雅集。第一次红桥修禊于1662年举行，王士祯写了《浣溪沙》三首，其中“绿杨城郭是扬州”成为广为流传的名句。第二次（1665年）他的兴趣更高，一口气写了《冶春绝句》二十首。与第一次相比，这一次唱和的人更多，一时形成“红楼齐唱冶春词”的空前盛况。后来这些诗词编成了《红桥唱和集》三卷。

第二次红桥修禊恰好是扬州被清军攻占二十周年，与王士祯诗词唱和的林古度、杜睿、陈允衡等人都是政治上忠于明朝的“遗民”，但这并不妨碍他们参加年轻的清朝地方官主持的文化活动。当时林古度已经年近九十，仍然兴致勃勃地从南京赶来。王士祯《冶春绝句》中的一首这样描写他：“邛竹方袍老谪仙，威仪犹复见前贤。蓬莱三度扬尘后，坐阅春光九十年。”这首诗虽然远不如“红桥飞跨水当中”等几首那么知名，但非常值得关注，这是王士祯积极开展“统战”工作的最好写照——红桥并非只有诗酒风流。

梅尔清认为，以往西方学界只关注徽州盐商对于清代扬州繁荣的贡献，但忽略了文人学士在17世纪后半期重建扬州过程中的积极作用，她的这本书正是要弥补这方面的空白。她认为，作为“清初四大家”之一的王士祯在这一过程中贡献最为突出：他在红桥的一系列活动对于恢复扬州作为文化中心地位意义重大，他不仅是沟通官场和文化人的媒介，更重要的是充当了明朝向清朝过渡的桥梁。这些论点应该说都是非常精彩的。

## 三

2004 年面世的《说扬州》(*Speaking of Yangzhou: A Chinese City, 1550-1850*) 是英语世界迄今最为全面的扬州城市史，澳大利亚学者安东篱（Antonia Finnane）在这部书中论述了扬州从晚明到晚清三百年（1550—1850）的历史变迁，重点放在了 18 世纪——盐商主导扬州社会文化生活的最繁荣时期。对于扬州感兴趣的西方读者，这无疑是一本最佳的入门书。

《扬州的生活方式和娱乐活动》(*Lifestyle and Entertainment in Yangzhou*) 于 2009 年出版，是西方第一部（也是目前唯一一部）关于扬州的学术论文集，由 Lucie B. Olivová 和易德波主编。该书分四个部分，收录了 18 篇论文，具体篇目如下：

第一部分：城市景观

（1）Lucie B. Olivová《扬州的建筑和城市保护》

（2）Tobie Meyer-Fong《太平天国战争之后扬州城的恢复》

（3）Antonia Finnane《清代扬州服饰》

（4）Věna Hrdličková《扬州园林文化》

（5）Malcolm McKinnon《两个城市指南：扬州与上海》

第二部分：书籍与文学

（6）J. S. Edgren《清代扬州的印刷与书籍文化》

（7）Li Hsiao-t'i《王士祯在扬州，1660—1665》

（8）Roland Altenburger《石成金笔下的清初扬州》

（9）Margaret B. Wan《扬州小说〈清风闸〉》

第三部分：表演与娱乐

（10）Colin Mackerras《清后期扬州的地方戏》

（11）Lindy Li Mark《昆曲在扬州：历史与现状》

（12）Vibeke Børdahl《扬州评话的写本》

（13）Fei Li《扬州评话剧场》

（14）Stefan Kuzay《扬子江下游的青楼文化》

第四部分：扬州画派

（15）Zhuang Sue《扬州八怪的赝品》

（16）Ginger Cheng-chi Hs ü《华嵒笔下的骆驼》

（17）Yi-li Kao《黄慎〈山水册页〉研究》

（18）Kristen E. Loring《十八世纪扬州绘画中的和尚形象》

从以上篇目不难看出，这部论文集内容广泛，从园林建筑到书籍印刷，从戏剧表演到绘画艺术，几乎无不涉猎，可以说是一部小型的清代扬州社会生活的百科全书。

在作者名单中，我们可以看到上文已经提及的易德波、梅尔清、安东篱三位学者，他们与其他作者均是当代活跃于海外的扬州研究者，他们于2003年发起成立了扬州研究俱乐部（Yangzhou Club），第一次活动是2005年在瑞士召开的国际学术讨论会，本书就是会议的论文集。由于不少学者不是以英语为母语的，所以修改文字和统稿花费了不少时间，直到2009年才出版，被列入挪威亚洲研究所丛书第44种，不少北欧学者投身扬州研究，是一个值得关注的特色，这和易德波的推动和引领显然是分不开的。

## 四

2015年夏威夷大学出版社推出了英文本《扬州文选》（*Yangzhou: A Place in Literature*），为海外的扬州研究提供了宝贵的第一手文献资料，对于国内研究中国近代史和地方史的学者也不无参考价值。该书选取从17世纪初到21世纪初有代表性的扬州文献20篇进行英文翻译和解说，目录如下：

（1）郑元勋《影园自记》

（2）吴伟业《柳敬亭传》

（3）张岱《陶庵梦忆》

（4）石成金《扬州近事》

（5）汪中《广陵对》

（6）李斗《扬州画舫录》（上）

（7）李斗《扬州画舫录》（下）

（8）林苏门《邗江三百吟》

（9）浦琳《清风闸》

（10）焦循《花部农谭》

（11）焦东周生《扬州梦》

（12）邗上蒙人《风月梦》

（13）凌霞《扬州八怪歌》

（14）李涵秋《广陵潮》

（15）朱自清《说扬州》

（16）扬剧《百岁挂帅》

（17）丰子恺《扬州梦》

（18）王少堂《武松打虎》

（19）韦明铧《扬州瘦马》

（20）韦人《皮五过年》

如果一定要指出这部选集的问题所在，主要是两个方面，一是只收录近四百年的文献，古代的没有，比如鲍照著名的《芜城赋》，显得厚今薄古；二是即使就近世而言，不说其他，王秀楚的《扬州十日记》应该收录，清兵南下使扬州再次成为“芜城”，这不仅对扬州，而且对整个明清鼎革都是极其重要的文献。

顺便说一下，这里所选译的朱自清散文《说扬州》正是上文提到的安东篱著作题目的依据。

《扬州文选》是继《扬州的生活方式和娱乐活动》之后，扬州研究俱乐部策划出版的第二部著作，该书献给了前一年去世的美国著名汉学家韩南（Patrick Hanan，1927—2014）。韩南曾将以扬州为背景的小说《风月梦》翻译成了英文（*Courtesans and Opium: Romantic Illusions of the Fool of Yangzhou*），2009年由哥伦比亚大学出版社出版。韩南认为《风月梦》不仅是“中国第一部城市小说”，而且在叙事技巧上也有开创之功。一般认为，晚清用第一人称进行叙事的首部小说是吴趼人1903年出版的《二十年目睹之怪现状》。但此前是否有人进行过某种尝试呢？韩南认为1883年出版的《风月梦》在某些方面可以算是一种。在该小说第一回中，叙事者以第一人称说到自己的经历，但后来讲的却是“过来仁”的故事，而没有直接讲述自己的故事，其实他自己的经历和“过来仁”几乎一致，那么为什么不现身说法呢？韩南认为，这并非出于作者的谨慎，怕别人知道自己的身份（因为本来用的就是笔名“邗上蒙人”），而是因为直接讲述自己不堪的经历让人尴尬，而且当时用第一人称仍为时尚早——因为中国读者还无法接受。

《中华读书报》2018年7月25日

# 两位汉学家眼中的曹植《三良诗》

曹植写过一首《三良诗》："功名不可为，忠义我所安。秦穆先下世，三臣皆自残。生时等荣乐，既没同忧患。谁言捐躯易，杀身诚独难。揽涕登君墓，临穴仰天叹。长夜何冥冥，一往不复还。黄鸟为悲鸣，哀哉伤肺肝。"该诗曾收入影响深远的萧统《文选》，可以视为曹植的代表作之一。诗中的"三臣"就是三良，他们在秦穆公去世后自杀殉葬。用活人殉葬是中国上古一种野蛮的风俗，后来文明程度提高，基本不再用这个办法了，秦穆公的做法显然是开历史的倒车。

关于"三良"，最早的记录见《左传·文公六年》："秦伯任好卒，以子车氏之三子奄息、仲行、鍼虎为殉，皆秦之良也。国人哀之，为之赋《黄鸟》。"《史记·秦本纪》也有记载，说秦穆公死后"从死者百七十七人，秦之良臣子舆氏三人名曰奄息、仲行、鍼虎，亦在从死之中。

秦人哀之，为作歌《黄鸟》之诗”。《黄鸟》见《诗经·秦风》，此后历代都有咏叹三良的诗作，陶渊明、柳宗元、苏东坡等大家都曾写过。曹植这首是《诗经》之后最早的，与他同时代的王粲和阮瑀也写过历史上这个著名的事件。

关于曹植《三良诗》的写作时间，历来有分歧，古代注释家大致提出两种意见：一、黄初二年（221 年），其代表是唐人刘良：“植被文帝责黜，意者是悔不从武帝，而作是诗。”（《文选》六臣注）二、建安二十年（215 年），其代表是清人朱绪曾：“此诗乃建安二十年，从征张鲁，至关中，过秦穆公墓，与王粲同作。”（《曹集考异》）

在英语世界先后讨论过这个问题的有两位汉学家：惠特克（Katherine P. K. Whitaker）和高德耀（Robert J. Cutter），他们的论文分别发表于《伦敦大学亚非学院学刊》（*Bulletin of the School of Oriental and African Studies, University of London*）第 18 卷（1956 年出版）和《中国文学》（*Chinese Literature: Essays, Articles, Reviews*）第 11 卷（1989 年出版）。

惠特克在文中推翻了前人的意见，首先指出黄初二年（221 年）说站不住脚：“此时还看不出曹植如此消极，觉得已经不能通过武功为国效力。他这首诗，特别是第一句，表明他对于建功立业已经完全绝望，特别是在多次向曹丕表白之后——比如‘甘赴江湘、奋戈吴越’（《责躬诗》），‘闲居非吾志、甘心赴国忧’（《杂诗六首·其五》），'国仇亮不塞，甘心思丧元，抚剑西南望，思欲赴泰山'（《杂诗六首·其六》）。而在221年，他只是受到了某些挫折，但还没有完全失望。"惠特克认为建安二十年（215年）说同样站不住脚，第一是因为曹植当时还年轻（二十四岁），对前途充满了希望，不可能写出"功名不可为"这样的句子。第二，"王粲没有参加215年西征张鲁的行动，所以曹植不可能和他一起经过秦穆公的墓地并一起写诗，阮瑀就更不可能了（212年已经去世）。实际上，王粲和阮瑀是在上一次西征时（211年）写了《咏史诗》，但那次曹植留守后方。即使两人将他们的诗寄给曹植，或者回来后将诗呈献，曹植以此为题写作的可能性也不大，因为已经时过境迁了。"这样一来，不仅215年说不成立，211年说也不成立了。

基于以上分析，惠特克认为曹植在220年曹操去世，乃至221年因辱骂监国谒者（乃曹丕安插在曹植身边的眼线）"被文帝责黜"后，并没有完全失去对建功立业的期望。真正让他感到理想幻灭是黄初七年（226年）曹丕去世时，就在五个月前两兄弟互相猜忌多年后终于和解——"六年，帝东征，还过雍丘，幸植宫，增户五百。"（《三国志·魏书十九》）兄长的去世让感恩戴德的曹植产生了殉葬的念头："袖锋抽刃，欲自僵毙。追慕三良，甘心同穴。"（《文帝诔》）这篇诔文中同样写到了三良，为诗、诔创作于同时提供了一个证据。所以，惠特克认为《三良诗》的写作时间是226年。

一般来说，讨论中国古代作家的生平事迹等资料性问题，不是西方汉学家的所长。惠特克的论文发表三十多年后（1989年），才有美国汉学家高德耀再次讨论《三良诗》的写作时间。他认为惠特克最大的失误在于混淆了211年和215年的两次西征。211年的那次行动曹植参加了，最直接的证据是他的《离思赋·序》："建安十六年，大军西讨马超，大子留监国，植时从之。"既然王粲、阮瑀也参加了这次西征，三人利用行军间隙一同游览三良墓是很有可能的，考虑到当时文人有同题写作的习惯，因此高德耀认为曹植《三良诗》应该系于211年。

惠特克认为211年曹植留守后方，主要是基于曹丕《与钟大理书》中的一句话："当自白书，恐传言未审，是以令舍弟子建因荀仲茂转言鄙旨。"曹丕听说大理钟繇有一块美玉，但又不好意思亲自去要，因此让曹植通过荀仲茂去传达自己的意见。这似乎表明曹植当时也在后方，否则曹丕为了要一块玉玦，不远千里地去拜托在前方的弟弟，似乎有点小题大做。惠特克能够注意到这个文字细节，应该说相当难能可贵。但可惜她弄错了时间，曹丕写《与钟大理书》不在211年，而在215年，这一年曹操西征张鲁，曹丕再次奉命留守。至于曹植，虽然没有像《离思赋·序》那样直接的证据，但一般认为他参加了此次军事行动。当然他不是带兵打仗（其实终其一生他都没有真正带兵打过仗），曹操只是让他去见习锻炼一下，所以帮哥哥一个小忙应该是有时间的。

高德耀在论文中参考了余冠英、徐公持、张可礼等当代中国学者的观点，他们都主张 211 年说。实际上，在目前国内学界，211 年说也最为通行。但由于历史资料缺乏，完全定于一尊还为时尚早，各派的看法都有一定的道理。海外学者凭借其“第三只眼”，更有可能提出具有启发性的意见，无论是确定诗歌的写作年代，还是理解诗歌的内容。

惠特克之所以反对 211 年和 215 年说，乃至 221 年说，重要的根据是曹植《三良诗》的第一句：“功名不可为，忠义我所安。”年轻时的曹植一心要建功立业，只有到晚年才放弃这个想法。清人丁晏持同样的看法：“首二句为自家写照，无限感慨。”（《曹集诠评》）问题在于，曹植何时真正感到“功名不可为”。他写于太和二年（228 年）的《求自试表》中依然有这样豪迈的文字：“如微才弗试，没世无闻，徒荣其躯而丰其体，生无益于事，死无损于数，虚荷上位而忝重禄，禽息鸟视，终于白首，此徒圈牢之养物，非臣之所志也。”由此看来，将《三良诗》系于 226 年还是有点早。

对“功名不可为，忠义我所安”的另一种意见认为，曹植是在代三良立言，“我”不一定就是曹植本人，比如唐人李善在注释“忠义”时写道：“《孝经注》曰：死君之难为尽忠。《谥法》曰：能制命曰义。我，谓三良也。”（《文选》六臣注）三良如果不为忠义而殉葬，好好活着，是可以大有作为的。现在一旦捐躯，当然就“功名不可为”了。这样理解完全说得通。

与这个问题相连的是“揽涕登君墓，临穴仰天叹”。惠特克将之翻译成“They wiped away their tears while ascending their lord’s burial mound, coming upon the entrance to the vault they looked up to heaven and sighed”。显然，她认为这里的“君”是指秦穆公，也就是说，“揽涕”的是三良。和前文“我”的情况类似，“君”也有其他的理解方式，比如赵幼文（目前国内最通行的《曹植集校注》的作者）就明确地说：“君，指三良。”王粲和阮瑀的诗同样存在这样的解读问题。无论是“低头窥圹户，仰视日月光”（阮瑀），还是“临穴呼苍天，涕下如绠縻”（王粲），我们要确定动作的主人，都不那么容易。当然，最早的困扰可以追溯到《诗经·黄鸟》中的“临其穴，惴惴其栗”，郑玄、朱熹对这一句的解说就不一样。郑认为感到恐惧的是秦人，而朱认为是三良。（《诗集传》）关键问题在于，汉语诗歌往往省略主语以及明确的指示代词，这就造成了模糊性，或者说，解释的多种可能性。

根据惠特克的看法，王粲和阮瑀的诗只是怀古而已，只有曹植借古讽今，借三良浇自己心中块垒。有意思的是，高德耀的意见恰恰相反，他认为王粲、阮瑀在各自的诗中猛烈批判秦穆公的残忍，恰恰是为了反衬曹操的广纳贤才、知人善任。倒是在曹植的诗中看不到“误哉秦穆公，身没从三良”（阮瑀）、“秦穆杀三良，惜哉空尔为”（王粲）这样的句子，曹植只是对三良的殉葬表示惋惜，并由此讨论了“忠诚”和“本能”的矛盾。

在我看来，如果我们接受高德耀的分析，就不需要太计较曹植这首诗写于何年了。“三良”只是一个引人深思的古老话题，从这个意义上来说，曹植是否去过，以及何时去过三良的墓地也不那么重要了。同时，这也可以帮助我们理解这首诗表面上的前后不协调：“既是自愿殉葬，为什么‘登君墓’还要‘揽涕’呢？‘临穴’还要‘仰天叹’呢？为什么还那样悲伤地感到进入坟墓就会是‘长夜何冥冥，一往不复还’呢？为什么不是从容殉葬而显露出不愿意捐躯，提出捐躯不易呢？……作者虽是诗歌上的高手妙匠，但本诗却有如此欠妥之处。”（聂文郁《曹植诗解译》）真是这样吗？不错，三良受过穆公的恩遇，也愿意以死报答，但真正面对死亡，特别是非人道的殉葬时，难道连片刻的犹豫和恐惧都不能有吗？曹植这里写的，正是人的求生本能和道义责任之间的撕扯。在我看来，这不是“欠妥”，而是曹植的深刻所在。或许由此也就能解决上文提到的那个问题了，“功名不可为，忠义我所安”写的是三良，“揽涕登君墓，临穴仰天叹”写的也是三良。

中国最早的咏史诗是班固的《咏史》，该诗咏叹汉文帝时代的名医淳于意之女淳于缇萦。淳于意以事下狱，将遭肉刑，其幼女缇萦上书，表示自愿入身为官婢以赎父罪，结果文帝大为感动，不仅宽免淳于意而且就此废除了肉刑。班固截取此事写诗，开后代文人以诗咏史之先河，在这首诗里他虽有感叹之词，但基本是就事论事，和现实生活没有关系。根据朱自清先生的看法，“咏史之作以古比今，左思是创始的人”（《诗言志辨》）。左思写过一组著名的《咏史》，为自己受困于门第不能一展才华而大发感慨。他的这一组诗曾经被收入萧统《文选》，产生过很大的影响。从此之后，咏史诗就有了两种类型：班固类的就古咏古，左思类的以古比今。按传统的意见，前者是正体，后者是变体；当然按实际的影响来说，后者更容易打动读者。

《文选》卷二十一“咏史”没有收入班固的开山之作，但打头的也不是左思，而是王粲《咏史诗》和曹植《三良诗》，左思《咏史八首》位居第三。前文提到，高德耀认为王粲咏三良并非就事论事，而是意在吹捧曹操。如果这个看法成立，左思《咏史八首》的文学史地位就要动摇，朱自清先生的意见也要重新斟酌了。

曹植《三良诗》属于哪一类呢？就古咏古还是以古比今？参考惠特克和高德耀两位汉学家的意见，我觉得基本上是就古咏古，但其中也不乏个人的一点感慨。

《读书》2018 年第 12 期

# 《管锥编》“走出去”的启示

二十年前，哈佛大学出版社推出了《管锥编》的节译本（*Limited Views: Essays on Ideas and Letters*），译者是美国著名汉学家艾朗诺（Ronald Egan）。翻译这部巨著绝不容易，甚至可以说是吃力不讨好。但艾朗诺还是义无反顾，因为“《管锥编》已被公认为钱锺书对中西传统文学研究的集大成之作”（译者序）。艾氏专攻唐宋文学，按理说，翻译《谈艺录》会更为得心应手，但还是优先考虑了《管锥编》，他在序言中解释道：“在钱氏全部著作中，《谈艺录》显然最接近《管锥编》，但两者的区别也很显著。后者论及的范围更加广泛，正如英译本副标题‘关于思想与文学的札记’所显示，钱锺书讨论的范围已经远远超出了唐宋以来的中国诗学，而是涵盖了整个中国人文传统。他的美学考察从文学扩展到了视觉艺术（书法和美术），他也更有意于建立文学和哲学、宗教之间的联系。《管锥编》

采用了更大数量和范围的比较。钱锺书对西方文献的征引在《谈艺录》中已很突出，经过三十年的积累，他大大增进了对西方传统文学和现代批评的理解和把握，对比较研究效用的信心也更坚定了。更大的不同在于，同样是随笔和札记体著作，《管锥编》中的钱锺书更像一位批评家和思想家在表达自己的见解，左右逢源，张弛有度，更不用说视野的宽广了。我们不必同意他后来视《谈艺录》为'少作'的谦逊，但《管锥编》的确使我们领略到了更为老成阔大的境界。”艾朗诺的选择和翻译工作体现了一个优秀学者的“公心”。

所以，中国真正有价值的学术产品，西方人会注意到，也会主动“拿来”，用不着我们费力而未必讨好地“送去”。二十世纪上半叶，无论是顾颉刚的《古史辨·自序》，还是冯友兰的《中国哲学史》上下册，都是美国人主动翻译，自行出版的，因为他们知道这些著作的价值。我们有时间、精力和费用，不如多翻译一些外国的好东西进来。

《管锥编》英译本出版后，没有引起1980年代中国国内那样的轰动效应，更没有形成“钱学”热。根据我在Jstor数据库上的初步检索，只有三篇书介，除了陈述书的内容，表扬艾朗诺的翻译之外，并无多少实质性的学术评论。自二十世纪末开始，张隆溪教授多次撰文，为钱先生和《管锥编》呼吁，希望引起欧美学界的重视，但效果一般。其实早在1983年，法国学者李克曼（Pierre

Rychmans）就在《世界报》（*Le Monde*）上盛赞过钱先生，说他的博学“在今日的中国，甚至全世界都无人可以比拟”。其他的赞誉之声也是此起彼伏，尽管如此，到目前为止的事实是：作为现代作家的钱锺书在海外的影响更大，《围城》早已被翻译成多种外语。最通行的英译本也是最早的，1979 年就出版了，2004 年作为“新方向经典”（A New Directions Classic）再版时，著名历史学家史景迁（Jonathan D. Spence）专门写了序言，2014 年更上一层楼，被收入西方妇孺皆知的企鹅经典丛书（Penguin Classics）。此外，《人·兽·鬼》2011 年也有了全译本。

1985 年，钱先生和德里达（Jacques Derrida）、艾柯（Umberto Eco）、热奈特（Gérard Genette）等一同被选为美国现代语言学会（Modern Language Association of America）荣誉会员，表明他的成就已经为海外学界普遍认可。但和其他几位同年入选的学术大师相比，钱先生的影响力却要小得多。艾朗诺在分析原因时指出：“《管锥编》在海外的关注度远不如中国国内。毫无疑问，该书独特的文体和行文造成了这种被忽略的状况。实际上，甚至在中国学者那里，《管锥编》也因纷繁复杂的内容和独具特色的结构而被视为奇书。估计这些原因同样阻挡了国外专家进入其中开掘宝藏，迄今为止，西方学术界唯一对《管锥编》进行阐发的是德国人莫芝宜佳（Monika Motsch）。”二十年过去了，相关论文有了一些，但专著仍然只有莫芝宜佳的《〈管锥编〉与杜甫新解》(*Mit Bambusrohr und Ahle: von Qian Zhongshus Guanzhuibian zu einer Neubetrachtung Du Fus*)。

看来,《管锥编》“走出去”的过程远不如想象得那么顺利。正如艾朗诺所言,问题出在它“独特的文体和行文”。典雅但晦涩的文言文不好理解,太多的引文让人难以招架,更严重的是整本书由一千多则笔记组成,彼此之间没有逻辑联系,最后也没有明确的结论。为了帮助西方学界读懂和欣赏《管锥编》,艾朗诺的译本精选了六十五则笔记并编排成六个专题:(一)美学和批评概论;(二)隐喻、象征和感知心理学;(三)语义学和文学风格学;(四)论老子;(五)魔和神;(六)社会和理想。这样一来,可读性确实大大增强了。可见艾朗诺不光是翻译,也是在归纳和总结《管锥编》的思想。

可以设想,如果《管锥编》不是采用现在这样的体例,而是成系统的专著或论文,它可能早被全文翻译,影响也会更大。其实,钱先生并非不会写西方式样的标准论文。他早年在牛津大学完成的《十七十八世纪英国文学中的中国》(*China in the English Literature of the Seventeenth and Eighteenth Centuries*),就是最好的例证。他用白话文写的几篇两三万字的长文(后来收入《七缀集》者)也是现代论文。这说明他“是不为也,非不能也”。他选用文言文和传统的笔记体来完成一生最重要的著作《管锥编》，可能有多个原因，但在我看来，一个重要的原因就是尊重自己的学术个性，不跟着别人走，表现出的是一种强烈的学术自信和文化自信。学术可以多样化，学术论文的写法也不妨百花齐放。在当下中国学界，博士论文体似乎成为唯一的写作模式。更让人不解的是，评价中国自身人文学科的水平，采用的最高标准居然是国外的 SSCI 和 A&HCI。现在不少人反思“五四”，说反传统过激了，鼓吹西化过头了，但一百年后的今天，这种过头的事情我们不是还在做吗？

《文汇报》2019 年 4 月 22 日

# 20 世纪，中国古代文化经典在美国

## 一

中国古代文化经典在 20 世纪美国的传播经历了一个由慢到快、加速发展的过程。这个过程的分水岭大致可以确定在 1958 年，这一年美国国会通过“国防教育法案”（National Defense Education Act），美国政府和基金会（特别是福特基金会）开始大量投入资金，在主要的大学设立语言及地区研究中心，推行中国语文教育，开展中国文化研究。据统计，1958—1970 年美国政府和基金会投入中国研究的经费高达 4000 万美元，其中约 2300 万由福特基金会提供，公私投入是此前 13 年（1945—1958）总和的约 20 倍。在这一时期建立的这类研究机构有：堪萨斯大学东亚研究中心（1958 年）、南加州大学东亚研究中心

（1958 年）、哥伦比亚大学东亚研究所（1959 年）、俄亥俄州立大学东亚研究中心（1959 年）、德克萨斯大学亚洲研究中心（1959 年）、匹兹堡大学东亚研究中心（1960 年）、密歇根大学中国研究中心（1961 年）、耶鲁大学东亚研究中心（1961 年）、华盛顿大学中苏研究所（1962 年）、夏威夷大学中国研究中心（1963 年）、普林斯顿大学东亚研究中心（1963 年）、印第安纳大学东亚研究中心（1963 年）、伊利诺伊大学亚洲研究中心（1964 年）等。此前哈佛大学已率先于 1955 年建立了东亚研究中心。随着这些中心的建立，中国古代文化研究在人员、经费、图书资源等方面得到了极大的提升，进入了发展的快车道。

在二十世纪早期（以及此前的整个十九世纪），中国古代文化经典在美国传播的主导权掌握在以传教士为主体的业余汉学家手中。1784 年中美之间即开始了直接的商业往来，商人虽然很早就来到中国，但他们来去匆匆，无心他顾，中美通商五十年后还几乎没有一个商人能懂中文，也就更谈不上对中国文化的研究。这种可悲的情况直到 1830 年代传教士的到来才告结束。几乎所有的传教士都致力于汉语的学习和对中国的研究，他们的著作成为 19 世纪美国人关于中国信息的最主要来源。在他们当中出现了一批成绩突出的学者：裨治文（Elijah C. Bridgman）、卫三畏（Samuel W. Williams）、丁韪良（William A. P. Martin）、卢公明（Justus Doolittle）、狄考文（Calven W. Mateer）、林乐知（Young J. Allen）、明恩溥（Arthur H. Smith）等。20 世纪初期，丁韪良、明恩溥等仍然十分活跃。丁韪良被誉为“汉学第一人”，他《翰林集》（*Hanlin Papers*）的一、二编以及《汉学菁华》（*The Lore of Cathay*）代表了当时最高水平。

1877 年耶鲁大学率先设立汉学教授席位，聘请卫三畏为首任教授。尽管这一事件可以看作是美国专业汉学建立的标志，但专业汉学在 19 世纪末 20 世纪初发展很慢，赖德烈（Kenneth S. Latourette）1918 年在《美国学术与中国历史》一文中这样描述当时的情况：“我们的大学给予中国研究的关注很少，在给予某种程度关注的大约三十所大学中，中国仅仅是在一个学期关于东亚的概论性课程中被涉及，只有在三所大学中有能够称得上对于中国语言、体制、历史进行研究的课程。美国的汉学家是如此缺乏，以至于这三所大学中的两所必须到欧洲去寻找教授。”一个非常能说明问题的例子是加州大学。伯克利步耶鲁后尘于 1890 年设立了汉学教席，然而这一职位一直空缺，直到 1896 年才由英国人傅兰雅（John Fryer）充任。傅氏是著名的翻译家，曾在位于上海的江南制造总局工作二十多年，其间将一百多部西书译成中文，但其汉学研究的水平难称上乘。

美国学术界逐渐意识到了这个问题，1929 年 2 月美国学术团体理事会（American Council of Learned Societies,

1919 年建立的全国性学术促进机构）专门成立了“促进中国研究委员会”（Committee on the Promotion of Chinese Studies），以此来改变美国汉学研究落后于其他学科的局面。1928 年建立的哈佛燕京学社（The Harvard-Yenching Institute）也于 1929 年开始派遣留学生到中国进修，为培养美国专业汉学人才起到了极大的推动作用。可以说，从 1920 年代末开始，美国专业汉学才真正走上发展的正轨，而快速增长则是从 1950 年代开始。

## 二

就中国古代文化经典的翻译而言，美国传教士的开创之功不可抹杀。他们最早接触和阅读中国的典籍，并着手做了一些译介工作，虽然比较零散，也难免浅陋，但中国古代文化经典在美国的传播却由此开始。比如《诗经》，最早的译文出自娄理华（Walter M. Lowrie）之手。娄氏是美国北长老会第一位派往中国的传教士，1842 年来华，1847 年在从上海前往宁波的途中遇海盗落水溺亡。就在去世的这一年，他在裨治文创办的《中国丛报》（*Chinese Repository*，1832—1851）第 16 卷第 9 期（1847 年 9 月）上发表了一篇题为“Readings in Chinese Poetry: translations of two odes from the Shi King”的文章。在这篇文章中他全文翻译了《诗经 · 周南》中的《关雎》《卷耳》

并对两首诗做了简要的说明。此文是美国人最早的《诗经》英译，也是英语世界最早从中文直接翻译的《关雎》《卷耳》文本。

到了 20 世纪，随着职业汉学的发展，美国学人在中国文化典籍的译介方面取得了长足的进步，下面列举一些重要的译本以说明之。

哲学方面译著很多，尤其是《论语》和《老子》出现了多个译本,《论语》主要译本有：魏鲁男（James R. Ware）译本：*The Best of Confucius*（1950 年）；庞德（Ezra Pound）译本：*Confucian Analects*（1951 年）；安乐哲（Roger T. Ames）译本：*Analects of Confucius: A Philosophical Translation*（1998 年）；白牧之（E. Bruce Brooks）译本：*Original Analects: Sayings of Confucius and His Successors*（1998 年）；戴维 · 欣顿（David Hinton）译本：*Confucius: The Analects*（1998 年）；李祥甫（David H. Li）译本：*The Analects of Confucius: A New-millennium Translation*（1999 年）等。《老子》主要译本有：林保罗（Paul J. Lin）译本：*A Translation of Lao Tzu's Tao Te Ching and Wang Pi's Commentary*（1977 年）；隆普（Ariane Rump）译本：*Commentary on the Lao-tzu by Wang Pi*（1979 年）；梅维恒（Victor H. Mair）译本：*Tao Te Ching: The Classic Book of Integrity and the Way*（1990 年）；林理彰（Richard J. Lynn）译本：*The Classic of the Way and Virtue:*

*A New Translation of the Tao-te Ching of Laozi as Interpreted by Wang Bi*（1998年）等。其他重要哲学著作译本有华兹生（Burton Watson）的《庄子》全译本：*Complete Works of Chuang Tzu*（1968年）；约翰·诺布洛克（John H. Knoblock）《荀子》全译本：*Xunzi: A Translation and Study of the Complete Works*（1988—1994）等。

在史学方面，主要译本有华兹生（Burton Watson）的《史记》选译：*Records of the Grand Historian of China Translated from the Shih Chi of Ssu-ma Ch'ien*（1961年）；倪豪士（William H. Nienhauser）的《史记》全译：*The Grand Scribe's Records*（1994年）；德效骞（Homer H. Dubs）的《汉书》全译：*The History of the Former Han Dynasty*（1938—1955）等。

在文学方面，主要的历代作品选译本有梅维恒（Victor H. Mair）主编的《哥伦比亚中国古代文学作品选》（*Columbia Anthology of Traditional Chinese Literature*, 1994年）；宇文所安（Stephen Owen）主编的《中国古代文学作品选》（*Anthology of Chinese Literature: Beginnings to 1911*, 1996年）；全译本很多，代表性的有庞德（Ezra Pound）的《诗经》英译（*The Classic Anthology Defined by Confucius*, 1954年）；康达维（David R. Knechtges）的《文选》赋英译（*Wen Xuan, or Selections of Refined Literature*, 1982—1996）；余国藩（Anthony C. Yu）的《西游记》英

梅维恒《哥伦比亚中国古代文学作品选》书影

宇文所安《中国古代文学作品选》书影

译（*The Journey to the West*, 1977—1983）等。

20世纪以来，美国在译介中国典籍方面出现了一大批专家，其中尤以华兹生（Burton Watson）的成就最为突出。他生于1925年，1956年凭借有关司马迁的研究论文获哥伦比亚大学博士学位。其后他将主要精力投入翻译，在哲学方面他翻译了庄子、墨子、荀子、韩非子等先秦诸子的作品，在历史方面他翻译了《史记》《左传》等著作，在文学方面他翻译了杜甫、苏东坡、陆游等人的诗歌。他不仅翻译的内容广泛，而且质量上乘，是当今英语世界首屈一指的翻译家。

除了上文列举的学院派翻译家，一些学院以外的翻译家的贡献也不容忽视，他们的翻译作品往往通俗易懂，更适合普通读者的需要，在传播中国古代文化经典方面也起到了很大的推动作用。这一类翻译家的代表人物有托马斯·克里利（Thomas F. Cleary）和戴维·欣顿（David Hinton）。

托马斯·克里利生于1949年，1975年毕业于哈佛大学东亚系，获得博士学位，此后一直以独立学者的身份从事翻译和研究工作。他翻译了大量佛教、道教和其他中国古代文化经典，如《碧岩录》（*The Blue Cliff Record*, 1977年）、《华严经》（*The Flower Ornament Scripture*，1984年）、《周易禅解》（*The Buddhist I Ching*, 1987年）、《中和集》（*The Book of Balance and Harmony*, 1989年）等。他最著名的翻译作品是《孙子兵法》(*The Art of War,* 1988 年),该书出版后被《华盛顿邮报》评为畅销书,多次再版。

戴维·欣顿出生于 1945 年,早年在康奈尔大学和台湾大学学习过汉语和中国文化。他是翻译家,同时也是诗人,所以他的翻译主要集中在中国诗歌,曾将陶渊明、谢灵运、孟郊、李白、杜甫、白居易、孟浩然、王维、王安石等大诗人的作品译成英文。此外,他还将《论语》《孟子》《老子》和《庄子》翻译成了英文,是 20 世纪第一位将中国古代最著名的四部哲学典籍独自全部译成英语的西方翻译家。欣顿用简朴自然的语言把孔孟老庄博大玄妙的思想展现给西方普通读者,为他们了解中国古代文化经典打开了一扇窗口。

## 三

在华兹生的众多译作中,《庄子菁华》(*Chuang Tzu: Basic Writings*)是最受欢迎的一种,自 1964 年出版以来,一直备受好评,读者甚多。所谓菁华就是并非全译,而是选择有代表性的,除全部内篇(《逍遥游》《齐物论》《养生主》《人间世》《德充符》《大宗师》《应帝王》)外,选译了外篇中的《秋水》《至乐》《达生》和杂篇中的《外物》,共 11 篇。

19 世纪后半期以来,英语世界出版了多部《庄子》

译本，水平参差不齐，但都为华兹生的翻译提供了参考。最早的译本是巴尔福（Frederic H. Balfour）的 *The divine classic of nan-hua: being the works of Chuang tsze, Taoist philosopher*，出版于 1881 年。巴氏是英国人，1870 年来华经营丝绸和茶叶，后来弃商从文，先后担任过《通闻西报》《华洋通闻》《字林西报》等报纸的主笔。除了把《庄子》翻成英文外，巴尔福还翻了《老子》，看来他对道家情有独钟。对于他的《庄子》翻译，著名汉学家翟理斯（Herbert A. Giles，剑桥大学第二任汉学教授）评价不高，认为巴尔福的汉语水平完全不足以胜任这一工作。相比之下，另外一位著名汉学家理雅各（James Legge，牛津大学首任汉学教授）则要宽容得多，他认为翻译《庄子》实在太难，第一个尝试的人毕竟勇气可嘉。

巴尔福的译文确实不能细看，有些地方错得离奇。如《庚桑楚》有云：“介者移画，外非誉也。”“介”就是“兀”，指被斩足的人；“移”训弃；“画”指装饰自己——这两句的意思是说，一个遭受酷刑被砍掉脚的人，也就不自顾惜，对于“非”和“誉”全都不在乎了。俞樾在《庄子平议》中讲过这两句，一般认为最确切。陈鼓应将这两句译为“刖足的人不拘法度，超然于毁誉之外”（《庄子今注今译》下册），极得要领。巴氏不大理解原文，翻为“Servants will tear up a portrait, not liking to be confronted with its beauties and its defects.”（仆人撕毁画像，不管画得好还是不好)，完全不知所云。

巴尔福的汉语水平确实有些问题，而翟理斯对他评价不高可能还有一个原因：他本人是《庄子》的第二位英译者，难免所谓“影响的焦虑”。翟理斯的译本（*Chuang Tzu: Mystic, Moralist, and Social Reformer*）出版于1889年，水平当然要高出很多，上面那句“介者侈画，外非誉也”被他翻译成“a one-legged man discards ornament, his exterior not being open to commendation”，与原意比较靠近。总体来讲，翟理斯能够抓住《庄子》原文的精神，因此也成为华兹生认真参考的第一个译本。但翟译也不是没有问题，华兹生认为翟理斯太过于迁就维多利亚时代英国人的阅读口味。如“北冥有鱼，其名为鲲”被他翻译成“in the northern ocean there is a fish, called the Leviathan”。《尔雅》说“鲲”是“鱼子”的意思，明人方以智说：“鲲本小鱼之名，庄用大鱼之名。”（《药地炮庄》）但无论是大鱼还是小鱼，都很难和《圣经》中力大无穷的巨兽“Leviathan”（利维坦）对应起来。佛教刚传入中国时曾经有过一段“格义”的时期，就是用中国的思想，特别是道家思想去比附佛教教理。翟理斯这里的做法可以说是用基督教去“格义”道家了。

说来有趣的是，肯定巴尔福首译之功的理雅各恰好是《庄子》的第三位英译者。理氏早年埋首儒家典籍，将四书五经翻译成英文，产生巨大影响。只是到了晚年才开始着手翻译道家的作品，他收于《东方圣书》（*The Sacred Books of the East*）系列中的《庄子》译本出版于 1891 年。理雅各的汉学功力无疑是一流的，但可能浸淫于儒家太久，华兹生认为他的《庄子》翻译尽管非常忠实于原文，但对于《庄子》的精神实质却常常把握不住。

到了 20 世纪，又有几种《庄子》译本出现，它们对于华兹生同样具有参考作用。冯友兰 1933 年的译本（*Chuang Tzu, A New Selected Translation with An Exposition of the Philosophy of Kuo Hsiang*）最大的好处在于其中包含了郭象的注释。英国汉学家魏理（Arthur Waley）的《庄子》译文包含在《古代中国的三种思想》（*Three Ways of Thought in Ancient China,* 1939 年）一书中，虽然只有不多几篇，但质量上乘，足资借鉴。让华兹生比较失望的是他的同胞魏鲁男（James R. Ware）的译本（*The Sayings of Chuang Chou,* 1963 年）。在“译者前言”中魏鲁男竟然把庄子说成是“儒家的一派，而且是进步、有活力的一派”，这让华兹生感到莫名其妙，在这样的理解下翻译出来的《庄子》恐怕只能充当反面教材了。

除了《庄子》外，华兹生还在 1960 年代翻译过《墨子》等其他几种子书。他说在翻译这些子书时基本采用意译，不太拘泥于原文。但是译《庄子》时却非常谨慎，对原文亦步亦趋，尽量贴近。因为在他看来庄子使用的虽然是散文，但却像诗人一样驾驭文字。举一个例子。《德充符》中有句话："使之和豫通而不失于兑；使日夜无隙而与物为春，是接而生时于心者也。"其中"与物为春"是一个非常诗意的表达，对此翟理斯的翻译是"live in peace with mankind"；冯友兰的翻译是"be kind with things"。华兹生认为他们的翻译没有表达出原文的意象，让人感觉到庄子使用的是"陈腔滥调"（clichés），而实际上，庄子使用语言的方式前无古人。华兹生将这句话译成"make it be spring with everything"，以诗译诗，堪称后来居上。

华兹生的"译者前言"主要谈翻译问题，但也论及《庄子》的主题思想，认为简而言之可以说是"自由"（freedom）。中国上古的哲学家关注的是同一个问题：如何在一个混乱、痛苦的世界里生存下去？其他人提出了一些具体的行动纲领，庄子的答案是"从这个世界解放你自己"（free yourself from the world）。在华兹生看来，庄子对这个病态和充满恐惧时代的表述最好地体现在这样一个比喻中："疠之人夜半生其子，遽取火而视之，汲汲然唯恐其似己也。"（《天地》）基于这样的理解，华兹生将《庄子》开篇《逍遥游》译成"Free and Easy Wandering"，1993 年托马斯·克里利在自己的译本中则仅用"Freedom"一词，更加直截了当。

除了《庄子菁华》外，华兹生还在"菁华系列"中翻译过《墨子》《荀子》《韩非子》。在华兹生看来，这几子所讨论的政治和道德问题虽然也具有普世意义，但更多的还是和当时的政治和社会联系在一起；相比之下《庄子》的高论则不局限于他那个时代，而是面对所有的时代、所有的人。华兹生认为《庄子》最难译，但也最值得译，因为它具有永恒的价值（a text of timeless import）。从销售的情况来看也是如此，华兹生在《庄子菁华》1996年新版前言中指出，三十年来其他三子之英译本的阅读和购买者基本是研习亚洲文化的学生，而《庄子》的受众，范围那就广大得多了。

## 四

在翻译成果不断涌现的同时，美国的中国古代文化经典研究也在不断发展和繁荣，涌现了大量的成果。哲学方面的代表性成果有德效骞《古代儒学的铸造者荀子》（*Hsuntze: The Molder of Ancient Confucianism*,1927年）、顾立雅（Herrlee G. Creel）《中国思想：从孔子到毛泽东》（*Chinese Thought from Confucius to Mao Tse-tung,* 1953年）、孟旦（Donald J. Munro）《古代中国"人"之观念》（*Concept of Man in Early China,* 1969年）、牟复礼（Frederick W. Mote）《中国思想之渊源》（*Intellectual Foundations of China,* 1971年）、狄百瑞《中国的自由传统》（*The Liberal Tradition in China,* 1983年）、史华兹（Benjamin I. Schwartz）《古代中国的思想世界》（*The World of Thought in Ancient China,*

1985年)、安乐哲(Roger T. Ames)《治术:古代中国政治思想研究》(*The Art of Rulership: A Study of Ancient Chinese Political Thought*, 1994年)。

在历史方面最具代表性的无疑是费正清(John K. Fairbank)和崔瑞德(Denis Twitchett)主编的《剑桥中国史》(*The Cambridge History of China*)。全套丛书共15卷:秦汉卷、魏晋南北朝卷、隋唐卷(上下)、五代十国及宋代卷、辽西夏金元卷、明代卷(上下)、清代前期卷、晚清卷(上下)、民国卷(上下)、中华人民共和国卷(上下)。晚清卷最先于1978年出版,其他卷也陆续问世,最新问世的是清代前期卷(2016年)、魏晋南北朝卷(2019年),目前只有隋唐卷下还没有出版。各卷由知名学者主编,卷内各章由研究有素的专家撰写,充分反映了美国中国史研究的水平和动向。费正清等人当初策划这套丛书,是从秦统一中国开始,没有把先秦包括在内,主要是基于当时条件不成熟。1999年剑桥大学出版了由夏含

《剑桥中国史》书影

夷（Edward L. Shaughnessy）和鲁惟一（Michael Loewe）主编的《剑桥中国上古史》（*The Cambridge History of Ancient China*），该书充分运用了各种出土文献，是目前对于早期中国最全面而系统的描述。

在文学方面，康达维（David R. Knechtges）的汉赋研究、薛爱华（Edward H. Schafer）和宇文所安（Stephen Owen）的唐诗研究、艾朗诺（Ronald Egan）的宋诗研究、白之（Cyril Birch）和韩南（Patrick Hanan）的宋明白话小说研究、伊维德（Wilt L. Idema）和奚如谷（Stephen H. West）的元明戏剧研究等，都取得了很高的成就。

大型工具书的编辑出版也是值得关注的现象，在哲学方面，代表性的有狄百瑞（Wm. Theodore De Bary）主编的《中国传统资料集》（*Sources of Chinese Tradition*, 1960年）、陈荣捷编的《中国哲学资料书》（*A Source Book in Chinese Philosophy*, 1963年）；在历史方面，代表性的有恒慕义（Arthur W. Hummel）主编的《清代名人传略》（*Eminent Chinese of the Ch'ing Period*, 1943—1944）、富路特（Luther C. Goodrich）主编的《明代名人传》（*Dictionary of Ming Biography*, 1976年）、贺凯（Charles O. Hucker）编的《中国古代官制词典》（*A Dictionary of Official Titles in Imperial China*, 1985年）；文学方面，代表性的有倪豪士（William H. Nienhauser）主编的《印第安纳中国古典文学手册》（*Indiana Companion to Traditional Chinese Literature*,

1986 年）。

华人学者在美国传播中国文化上所起的重大作用是有目共睹的事实。自 20 世纪初期开始，就陆续有中国学者到美国留学，他们当中的一些人由于各种机缘留在了美国，在美国的大学执教，对中国古代文化经典研究做出了自己的贡献。其中老一代的著名学者有：王际真、赵元任、洪业、方志彤、萧公权、房兆楹、杜联喆、邓嗣禹、柳无忌、陈荣捷、何炳棣、杨联陞、黄仁宇、周策纵、夏志清、张光直、陈启云、余英时等。年轻一代人数更多，不再一一列举。

在所有华人学者中，就影响的广度而言，可能没有人能够超过林语堂。林氏早年毕业于教会中学和大学，后来又在美国、德国留学，练就了一手过硬、地道的英文。1936 年他移居美国，出版了《生活的艺术》（*The Importance of Living*, 1937 年）、《孔子的智慧》（*The Wisdom of Confucius*, 1938 年）、《老子的智慧》（*The Wisdom of Lao Tse*, 1948 年）等一系列作品，为传播中国文化做出了不可磨灭的贡献。

在中美学者和翻译家的共同努力下，中国古代文化经典在 20 世纪的美国得到了广泛的传播，也产生了比较大的影响，特别是禅宗思想和中国古典诗歌的影响尤为巨大。

《中华读书报》2020 年 6 月 17 日

# 英译赏析

# 夫妻应该有“骂”同当

## ——《鸡鸣》英译漫谈

《齐风·鸡鸣》是《诗经》中非常有特色的一篇，全诗以一对男女的对话写成，在各种英译本中，英国汉学家魏理（Arthur Waley，1937 年出版《诗经》译本）的翻译最清晰地体现了这一特点：

The Lady: The cock has crowed; it is full daylight.

The Lover: It was not the cock that crowed; it was the buzzing of those green flies.

The Lady: The eastern sky glows; it is broad daylight.

The Lover: That is not the glow of dawn, but the rising moon's light. The gnats fly drowsily; it would be sweet to share a dream with you.

The Lady: Quick! Go home! Lest I have cause to hate you!

为了清晰地表明说话者是谁，魏理在译文中特别标注了“The Lady”和“The Lover”，这在原诗中是没有的。根据魏理的翻译，可以把原诗做如下的标点：

“鸡既鸣矣，朝既盈矣。”“匪鸡则鸣，苍蝇之声。”
“东方明矣，朝既昌矣。”“匪东方则明，月出之光。
虫飞薨薨，甘与子同梦。”“会且归矣，无庶予子憎。”

男女两人对话的内容很简单，但写得饶有风味。女子催促男子起床，而男子找借口赖床，说女子听错了，不是鸡叫，是“苍蝇之声”；也看错了，不是天亮，是“月出之光”。从魏理的翻译来看，两人显然是一对情人，除了“The Lover”这个称谓，最后一句中的“Quick! Go home!”（快！回家去！）也证明他们不是夫妻，否则还要回什么家呢？

查阅其他几个英译本，不难发现与魏理的不同之处。最大的不同在于“朝既盈矣”“朝既昌矣”的翻译，理雅各（James Legge，其译本出版于 1871 年）的译文是“The court is full”；高本汉（Bernard Karlgren，其译本出版于 1950 年）的译文是“The court is in full array”；庞德（Ezra Pound，其译本出版于 1954 年）的译文是“Court is met”。显然，他们都把“朝”理解为朝廷、朝堂（court）、而不是早晨、晨光（daylight）。相应的，“会且归矣”也不再是“Quick! Go home!” 而是“The assembly will presently return home”（会朝人士将回来，此处用高本汉译文）。这样的翻译使男子的身份十分明确，他乃是一位朝廷命官，而催促他赶紧上朝的乃是他的贤妻，两人的对话不再只是幽会的情人之间的戏谑，而是具有了比较严肃的内容。20世纪以来的中国学者基本也是持这一观点，魏理的理解更为大胆，但也不乏知音，如刘毓庆先生，他认为“这是一首情人幽会的情歌，诗中表现了男子与女子各自不同的心理状态”（中华书局全注全译丛书本《诗经》）。

和《诗经》中不少作品一样，这首描写私生活情趣的诗歌从一开始就被强加上了政治的外衣。《毛诗序》云：“《鸡鸣》，思贤妃也，哀公荒淫怠慢，故陈贤妃贞女夙夜警戒相成之道焉。”朱熹认为该诗主题是赞美贤妃（《诗集传》），另一位宋人严粲则认为是“刺荒淫”（《诗辑》），直到清人崔述还以为是“美勤政”（《读风偶识》）。同样，在近代以前，人们也没有体认到该诗的对话性质，他们认为始终是女子在说话，男子沉默无语，只有诗歌作者介入其中，起解说作用。唐人孔颖达的观点最有代表性，他在注疏首章“鸡既鸣矣，朝既盈矣。匪鸡则鸣，苍蝇之声”时写道：“以哀公荒淫怠慢，无贤妃之助，故陈贤妃贞女警戒其夫之辞。言古之夫人与君寝宿，至于将旦之时，乃言曰：‘鸡既为鸣声矣，朝上既以盈满矣。’言鸡鸣，道己可起之节。言朝盈，道君可起之节。己以鸡鸣而起，欲令君以朝盈而起也。作者又言，夫人言‘鸡既鸣矣’之时，非是鸡实则鸣，乃是苍蝇之声耳。夫人以蝇声为鸡鸣，闻其声而即起，是早于常礼，恭敬过度，而哀公好色淹留，夫人不戒令起，故刺之。”（《毛诗正义》）根据孔氏的理解，《鸡鸣》一诗应该这样标点：

> “鸡既鸣矣，朝既盈矣。”匪鸡则鸣，苍蝇之声。
> “东方明矣，朝既昌矣。”匪东方则明，月出之光。
> “虫飞薨薨，甘与子同梦。会且归矣，无庶予子憎。”

也就是说，《鸡鸣》首次两章上两句为夫人之言，下两句是诗人对夫人话语的评判，卒章皆为夫人之辞。这样的理解当然并非完全没有道理，但在钱锺书先生看来，显然不如“作男女对答之词，更饶情趣”（《管锥编》）。此外，除非夫人的耳朵有毛病，或者古代的苍蝇是别样的品种，否则蝇声与鸡鸣并不难区分，无须诗人跳出来郑重其事地予以纠正。

也许由于时代较早，理雅各在翻译这首诗时仍然沿用了孔颖达的思路：

> “The cock has crowed; the court is full.”
> But it was not the cock that was crowing;—it was the sound of the blue flies.

"The east is bright; the court is crowded."

But it was not the east that was bright;—it was the light of the moon coming forth.

"The insects are flying in buzzing crowds; it would be sweet to lie by you and dream, but the assembled officers will be going home.—Let them not hate both me and you."

最后一句"无庶予子憎"的意思历来有分歧，有的认为是"别让人骂你"，有的认为是"别让人骂我"。魏理的翻译是"别让我骂你"（Lest I have cause to hate you.），也无不可。相比而言，理雅各这里译成"别让人骂我和你"（Let them not hate both me and you.）似乎更好，夫妻应该是有"骂"同当的。

《中华读书报》2015 年 4 月 1 日

# 爱情诗为什么没有“Love”

## ——《静女》英译漫谈

《诗经》特别是“国风”部分的情诗为数不少；爱情总是有甜蜜就有痛苦，整部《诗经》中只写甜蜜而无痛苦的似乎只有《邶风·静女》这一首：

静女其姝，俟我于城隅。爱而不见，搔首踟蹰。
静女其娈，贻我彤管。彤管有炜，说怿女美。
自牧归荑，洵美且异。匪女之为美，美人之贻。

后两章写姑娘主动送给（贻、归——即馈）小伙子一支彤管，显然是愉快地接受了他的追求，这让他异常高兴（说怿）。此前他曾焦急地等待姑娘的出现，“爱而不见，搔首踟蹰”。该诗的精彩之处（所谓“诗柄”）不在二、三章，而正在这第一章，因为短短四句就生动地描绘出了恋爱中男女的风情。

这首诗最初被看成政治讽刺诗，《诗序》云：“《静女》，刺时也。卫君无道，夫人无德。”郑《笺》云：“以君及夫人无道德，故陈静女贻我以彤管之法，德如是，可以易之，为人君之配。”直到废序运动兴起的宋代，这首诗才被剥去强加给它的政治外衣。欧阳修率先指出：“《静女》一诗，本是情诗。”（《诗本义》）朱熹也认识到了这一点，只是板起他道学家的面孔指摘道：“此淫奔期会之诗也。”（《诗集传》）

近代以来，这首爱情诗被多次翻译成英文，英译者们都试图捕捉首章中的男女风情，在我看来传达得最到位的要算英国汉学家魏理（Arthur Waley，1937 年出版《诗经》译本）：

Of fair girls the loveliest.
Was to meet me at the corner of the Wall.
But she hides and will not show herself;
I scratch my head, pace up and down.

从字面上看，将“爱而不见”翻译成“she hides and will not show herself”似乎很不对应。爱不是“love”吗？这是稍微懂点英语的人都知道的。

民国时期曾有不少中国学者热烈地讨论过《静女》这首诗，并把它翻译成白话文（详见《古史辨》第三册下编）。顾颉刚对“爱而不见”的翻译是“我爱她，但寻不著她”；谢祖琼的翻译是“我爱她，但她还没有来”；魏建功的译文更简洁热烈：“我爱心肝见不著。”可见他们都将“爱”理解成了表示男女之情的“love”，这是再自然不过的。但问题在于《诗经》是古老的文本，在流传过程中多有异文。许慎在解说“僾”字时说：“僾，仿佛也；从人，爱声。《诗》曰：‘僾而不见。’”（《说文解字》）可见在许氏所见的《诗经》文本上，“爱而不见”的“爱”字是写作“僾”的，“僾而不见”的意思是仿佛不见，根据上下文，可以理解为姑娘和小伙子开玩笑，原先说好在城角楼（城隅）上约会，却故意藏起来，让他看不见。这显然比“我爱她，但她还没有来”有意思得多。恋爱中的男女往往会表现出更多的情趣，静女平时应当是很“静”的，但一旦落入情网就活泼起来了，她没有乖乖地在约好的地方静候她的情人，却同他躲迷藏，开玩笑。从这个意义上来说，“僾”显然优于“爱”，1920 年代参与《静女》讨论的刘大白就力主此说，这也为后来多数中国学者所接受。

魏理眼光独到地选择了“僾”，所以他的译文中没有出现 love 的字样。他的英国前辈理雅各（James Legge，1871 年出版《诗经》译本）则固守“爱”字，他将“爱而不见，搔首踟蹰”翻译成“Loving and not seeing her, I scratch my head, and am in perplexity”。踟蹰是徘徊的意思，理雅各翻译成“in perplexity”（困惑）不太符合原意，远不如魏理的“pace up and down”（来回走动）来得贴切。

固守“爱”字并非没有充足的理由，爱情诗中没有一个“爱”字，似乎怎么也说不过去。但考察整部《诗经》中的爱情诗，却很难发现“爱”字的踪影。除本篇外，大约只有两处可寻，一处是“岂敢爱之，畏我父母”（《郑风·将仲子》）；另一处是“心乎爱矣，遐不谓矣”（《小雅·隰桑》）。但“岂敢爱之”的爱是“珍惜”的意思，其对象是物而非人；只有“心乎爱矣”中的爱是不折不扣的love。《诗经》中表示亲爱的意思多用“好”字，如“惠而好我，携手同行”（邶风·北风）、“人之好我，示我周行”（《小雅·鹿鸣》）。魏理把这两句分别译成了“Be kind to me, love me, / Take my hand and go with me”和“Here is a man that loves me / And will teach me the ways of Chou”。这里我们终于看到了love的身影。

魏理之后影响最大的《诗经》译者是美国诗人庞德（Ezra Pound，其译本出版于1954年），他将“爱而不见，搔首踟蹰”译成“Love and see naught; shift foot and scratch my poll”。显然他也和理雅各一样固守“爱”字，但是他用“shift foot”（走来走去）来翻译“踟蹰”还是比理雅各高出一筹。庞德翻译首章的主要问题在于“俟我于城隅”一句，从他的译文“I wait by nook, by angle in the wall”我们知道，他把“俟”（等待）的主语理解为男主人公——也就是诗的作者。但上下文很清楚地显示这里的主语应该是女主人公。魏理没有搞错，理雅各同样没有，他将这句译成“She was to await me at a corner of the wall”。有意思的是，魏理和理雅各在这句的翻译上都选用了过去将来时“was to meet / await”，所表达的意思是，姑娘上次见面时说她今天将在城角楼等我。这样处理的好处是可以避免原诗中的一点矛盾：前句刚说“俟我于城隅”，后句又说“爱而不见”。汉语本来就不太讲究时态，古诗更用不着管什么时态；而且诗歌毕竟不是说明文，本身无须过于坐实，读诗意思到了就行。有些诗意本属于可以意会，难以言传。但是翻译家却要考虑英语的用法和西方人的思维习惯，他们干的正是“言传”的活儿，所以寥寥几个汉字到了他们笔下会变成长长的一句英文。

《诗经》中的时态很简单，但名物却十分复杂。古史辨学者讨论《静女》时的一个热点是“彤管”。这当然不是新问题，朱熹在《诗集传》中就坦率地表示“未详何物”，后来的研究者提出笔管、针管、乐器等多种解释，但始终莫衷一是。1920 年代讨论的一个最新成果是认为彤管和第三章中的“荑”乃是一样的东西，代表人物是董作宾，他明确认为荑是茅芽中的穰（可食用），荑外面裹的嫩红色的叶托就是彤管。他的新说建立在早年生活经验和古文献记载的坚实基础之上，很快得到了学界的认可，成为很有影响的一家之言。

从《静女》的各种英译文来看，没有一个译者将彤管和荑视为一物，魏理也不例外，他将二者译为“” red flute”（红色长笛）和“rush-wool”（灯心草）。如果说他在第一章的翻译中有超群的表现，那么这里只能说他已泯然众人矣。其实不去征引各类文献，光从诗的上下文来看，将彤管和荑视为一物也有其合理性。小伙子在“搔首踟蹰”后终于见到了姑娘，姑娘一下子送他两件礼物似乎有些过分，而且从“自牧归荑”推断，姑娘很可能是位牧羊女（许渊冲就将这首诗的题目翻译成“A Shepherdess”——一位牧羊女），不属于知识阶层，送情人一点草木符合她的身份，送长笛、笔管之类高雅礼物，可能性不大——那也未免太小资了。

《中华读书报》2014 年 11 月 5 日

# “子罕言利与命与仁”的英译问题

英国汉学家理雅各（James Legge）的《论语》译本（*Confucian Analects*）自一八六一年问世以来，一直是西方汉学的经典之作。理雅各无疑是十九世纪儒学造诣最深的外国学者，但对于中国圣人的语言和思想有时也难免感到困惑。

《论语》中最让理雅各困惑不解的是“子罕言利与命与仁”，这是《子罕》篇的首句。理雅各将这句话译成“The subjects of which the Master seldom spoke were—profitableness, and also the appointments of Heaven, and perfect virtue”。按照理雅各的翻译，这句话的意思是：孔子很少谈论利、命、仁这三个问题。在整个《论语》中，孔子确实很少谈利的问题，但谈论命、特别是仁的地方却很多。理雅各也意识到了这个问题，在给出上面的译文后，他加了一个注释：“《论语》第四篇几乎都在谈仁，仁无疑是孔子思想中一个最重要的命题，这里说孔子很少谈仁，我觉得有问题，但不知道如何解决。”

这个问题当然不是理雅各第一个发现的，中国古人早已注意到了，并且想出了解释的方法。何晏注云：“罕者，希也。利者，义之和也。命者，天之命也。仁者，行之盛也。寡能及之，故希言也。”邢昺疏云：“此章论孔子希言难考之事。……孔子以其利、命、仁三者常人寡能及之，故希言也。”何晏与邢昺的解释前后呼应，都认为利、命、仁三者，常人难做到，所以罕言。在何与邢之后，还有一些人也提出了类似的解释，其中朱熹无疑是最权威的，他在《论语集注》这一句下写道：“罕，少也。程子曰：‘计利则害义，命之理微，仁之道大，皆夫子所罕言也。’”但这种解释过于牵强。《论语》全书中“仁”字出现一百零八次之多，几乎每篇都有，根本不稀罕。而且“仁”是孔子思想的核心，如果罕言，孔子学说又如何建立呢？

1930年代初，年轻的美国汉学家卜德（Derk Bodde）在细读理雅各的《论语》译本时注意到了“子罕言利与命与仁”这句话的翻译和注释。他认为理雅各太迷信何晏、朱熹等人的权威解释，所以把“与”理解为“和”，这样就造成了翻译的困难。卜德认为要解决这个困难，必须打破权威。“与”在一般情况下理解为一个连接词是可以的，但在这里却应该被理解为一个动词。为了支持自己的看法，卜德翻阅了不少古籍，并找到了一位知音——宋代学者史绳祖，他在《学斋佔毕》一书中举了《论语》里四个“与”作为动词的例子：（一）“吾无行而不与二三子者，是丘也。”（《述而》）（二）“与其进也，不与其退也，唯何甚？”（《述而》）（三）“吾与点也。”（《先进》）（四）“吾非斯人之徒与而谁与？”（《微子》）在此基础上史绳祖给出了自己对“子罕言利与命与仁”的独到见解：“盖子罕言者，独利而已，当以此句作一义。曰命曰仁，皆平日所深与，此句别作一义。”参考史绳祖的意见，卜德认为这里的“与”应该是“许”——“认同”的意思。根据这一理解，他把这句话翻译成“The Master rarely spoke of profit. But he gave forth his ideas concerning the appointments of Heaven, and also gave forth his ideas concerning perfect virtue”。

把“子罕言利，与命与仁”中的“与”理解为一个动词，还可以找出另外一个理由。卜德发现，《论语》中在列举多样事物时，一般很少用“与”来连接，以下四个例子可以说明这一点：（一）“子所雅言，诗书执礼，皆雅言也。”（《述而》）（二）“子不语怪力乱神。”（《述而》）（三）“子以四教：文行忠信。”（《述而》）（四）“子绝四：毋意，毋必，毋固，毋我。”（《子罕》）根据这样的结构特征，特别是参照“子不语怪力乱神”这一句来看，“子罕言利与命与仁”一句中的利、命、仁如果是并列关系的话，行文不免显得相当累赘，远不如“子罕言利命仁”

来得简洁。

理雅各在翻译《论语》等儒家经典时，经常参考阮元刊刻的《皇清经解》，收入其中的《四书考异》（翟灏著，卷四四九至四八四）在讨论《子罕》篇时曾引用史绳祖的观点，但理雅各显然没有留意，这让卜德感到遗憾。而让他更觉遗憾的是，十九世纪末以来西方几位重要的汉学家和《论语》译者——顾赛芬（Seraphin Couvreur）、苏慧廉（William E. Soothill）、卫礼贤（Richard Wilhelm）——都没有能够超越理雅各，都在各自的翻译中将“与”作为连词来理解，而中国翻译家也是重蹈覆辙，辜鸿铭的译文是“Confucius in his conversation seldom spoke of interests, of religion or of morality”。

卜德将自己的意见写成一篇论文，题为《论语中使人困惑的一句》（*A Perplexing Passage in the Confucian Analects*），发表于一九三三年十二月《美国东方学会学报》（*Journal of American Oriental Society*）第五十三卷第四期。该文发表后，立刻引起了著名汉学家劳费尔（Bertold Laufer）的注意，他很快发表了一篇很短的商榷文章，刊登在下一期的《美国东方学会学报》上（五十四卷第一期，一九三四年三月）。劳费尔同意卜德将“与”理解为一个动词，但不同意把“与”解释为“许”，因为《论语》中没有其他的例证。卜德看到这篇文章后，认为劳费尔的意见是站不住脚的，因为《论语》中将“与”理解为“许”还至少可以再举其他两例：(一)“子曰：‘与其进也，不与其退也，唯何甚?’”(《述而》)(二)“夫子喟然叹曰：‘吾与点也。’”(《先进》)但卜德还没有来得及将自己的反驳意见写下来，劳费尔便于同年九月去世了。卜德一直很景仰劳费尔，所以虽然不同意劳费尔的商榷，但很珍视他的这篇绝笔之作，多年之后还为劳费尔的自杀早逝深感惋惜。

在劳费尔的文章发表二十年后，著名华裔学者陈荣捷在讨论“仁”的一篇文章(载 *Philosophy East and West* 一九五五年第四卷第四期)中再次对卜德的论文提出了商榷。他认为“子罕言利与命与仁”中的“与”还是应该理解为“和”，因为“与”作为连词在《论语》中并不少见，如“富与贵，是人之所欲也”(《里仁》)、“夫子之言性与天道，不可得而闻也”(《公冶长》)等等。同时，陈荣捷也承认，将这里的“与”解释为“和”使这句话的意思与《论语》整个的精神不合，于是他认为解决这一问题的最好办法是“暂时搁置，并等待更多证据的出现”。卜德在读到陈荣捷这篇文章后，认为陈的反对意见没有抓住自己的要领。卜德同意在《论语》中“与”常常用来连接两个事物，但他在一九三三年那篇文章中所要强调的是：《论语》中在列举多样事物时，一般很少用“与”来连接。他仍然坚持自己早年的观点，并且认为将这里的“与”理解为动词可以很好地解决问题。一九八一年卜德在为自选

集 *Essays on Chinese Civilization* 所写的“前言”中再次旧事重提，并很有感触地指出：“古汉语中哪怕是很短的一句话，只要对其中一个关键字的理解不同，整个句子的意思也就会完全不同。”

卜德的文章发表后引起的反响说明，“子罕言利与命与仁”这句话到底如何解释，很难定于一尊。时至今日，将“子罕言利与命与仁”中的两个“与”字理解为连词者仍然大有人在；但比较起来，卜德的解释显得更有说服力。参考一下二十世纪几位中国学者的理解，也能证明这一点。钱穆对这句话的翻译是：“先生平日少言利，只赞同命与仁。”（《论语新解》）李泽厚的译文是：“孔子很少讲利。许命，许仁。”（《论语今读》）在前人众多的解释中，李泽厚所赞同并加以引用的正是史绳祖在《学斋佔毕》中的见解，在这一点上和卜德完全相同。

《读书》2013 年第 2 期

# 《英译唐诗精选》小引

弗莱彻（William John Bainbrigge Fletcher, 1879—1933）是英国外交官，自1908年起先后在北京、上海、广州工作生活了25年。出于对中国文化，尤其是古典诗词的推崇与热爱，弗莱彻卸任外交官职务以后，没有返回祖国，而是留在广州中山大学执教，继续从事他所热衷的文化交流事业，直至去世。1918年他出版了《英译唐诗选》（*Gems of Chinese Verse*），收入李白诗歌36首、杜甫诗歌45首、其他56位唐代诗人作品100首，共计181首。一年后他又推出了《英译唐诗选续集》（*More Gems of Chinese Poetry*），选译李白诗歌17首、杜甫诗歌30首、其他28位唐代诗人作品58首，共计105首。从这两个选集不难看出他对李白与杜甫的偏爱。此前李白在西方世界已经受到关注，而知道杜甫的人很少，弗莱彻在选集中给予这两位最重要的唐代诗人以同样的关注，具有开创性的贡献。

唐诗英译史的开端可以追溯到19世纪初，但是在最初的一百年里，唐诗英译全部为单篇或组诗的形式，始终没有专门英译唐诗的选集面世。弗莱彻在1918—1919年推出的两部选集具有里程碑的意义，标志唐诗在英语世界的译介迈上了一个新的台阶。

弗莱彻译文的显著特点是都用诗体，而且全部押韵，同时他很注意可读性，目标读者是普通大众。比如杜甫著名的《秋兴八首其一》（*Ode to Autumn, No. 1*）的译文是这样的：

Before the Autumn's pearling dew the maple woods decay,
O'er Magic Hill and Wizard Gorge broods desolation's sway.
The billows of the river leap to touch the boiling sky,
The stormclouds driven o'er the Pass o'er Earth as shadows fly.
The asters twice have opened a fresh year's tears to view,
The lone boat once tied up acquires old longings ever new.
All round, their winter clothes to make, the rule and scissors ply,
Till sunset thuds the busy block o'er Po-ti's towers high.

（原诗：

玉露凋伤枫树林，巫山巫峡气萧森。

江间波浪兼天涌，塞上风云接地阴。

丛菊两开他日泪，孤舟一系故园心。

寒衣处处催刀尺，白帝城高急暮砧。）

原诗是八句，译诗也是八句，押尾韵，在韵式上为齐整的“aabbccdd”形式的双行韵（couplet rhyme），每行诗为抑扬格，是英诗中常见的韵律体。

在弗莱彻所处的时代，中国国运不济，任人欺凌。在这样的大背景下， 弗莱彻对唐诗艺术的尊重、肯定乃至推崇，是难能可贵的。这最好地体现在《续集》中名为“致大唐”（*To Tatung*）的题词：

My heart had never Venus thrilled,
My breast had passion never filled,
Mine art perchance had never brought.
To thee these Gems of ancient thought.
Then strung on sweet affection's string.
These Gems about thy neck I fling.
For they upon thy breast will shine.
With twice the beauty that is mine.

（译文：

我的心从未如此激动，
从未如此充满激情，
艺术或许从来没有带给你
这些古代思想的精华。
它们甜美地串在一起，
装点着我所倚靠的你的脖颈。
它们在你的胸前闪耀，
比我所知晓的艺术美丽双倍。）

整整一百年过去了，弗莱彻明快、简练又不失典雅的唐诗英译，仍然具有不衰的魅力，对于今天中国文学和文化走出去，仍然具有重要的参考价值。

《英译唐诗精选》，中国画报出版社 2019 年版

# 《孔乙己》“优胜记略”

在鲁迅的二十五篇小说（《呐喊》十四，《彷徨》十一）当中，哪个最具代表性？《狂人日记》——鲁迅最早的白话小说，也最早显示了新文学的实绩。《阿Q正传》——最深刻地揭露了中国国民性的弱点。《祝福》——对旧式农村妇女“哀其不幸怒其不争”的最完美表达。都有道理。如果从被翻译成英文的角度来衡量，竞争队伍中又增加了强有力的《孔乙己》，它对于科举制度含而不露的抨击本身就是杰作。

1926年美籍华人梁社乾翻译的《阿Q正传》（*The True Story of Ah Q*）由上海商务印书馆出版，揭开了鲁迅小说英译的序幕，此后《呐喊》《彷徨》中的作品不断被翻译出来，有的还不止一次。到1954年杨宪益夫妇英译《鲁迅小说选》（*Selected Stories of Lu Hsun*）出版前，《阿Q正传》《祝福》已经有三个译本，《狂人日记》两个，而

《孔乙己》则以四个处于领先地位：（一）米尔斯（E. H. F. Mills）译本（*Con Y Ki*），收入1930年伦敦乔治·鲁特里奇书局出版的《阿Q的悲剧和其他当代中国短篇小说》（*The Tragedy of Ah Qui and Other Modern Chinese Stories*）；（二）金守拙（G. A. Kennedy）译本（*K'ung I-chi*），载《中国论坛》（*China Forum*）第一卷第十四期（1932年5月）；（三）未署译者译本（*The Tragedy of K'ung I-Chi*），载《民众论坛》（*The People's Tribune*）第十三卷第二期（1936年4月）；（四）斯诺（Edgar Snow）和姚莘农合译本（*K'ung I-chi*），收入1936年伦敦乔治·哈拉普书局出版的《活的中国：现代中国短篇小说选》（*Living China: Modern Chinese Short Stories*）。

1954年后，《孔乙己》依然独领风骚，只要看几个最主要的选本就一目了然了。1970年詹纳（W. J. F. Jenner）在牛津大学出版社推出了名为《现代中国小说》（*Modern Chinese Stories*）的选本，收录鲁迅的三篇作品：《孔乙己》《故乡》《祝福》。1981年，刘绍铭和另外两位华裔学者夏志清、李欧梵合作编译了《中国现代中短篇小说选》（*Modern Chinese Stories and Novellas, 1919-1949*），选录鲁迅的六篇代表作：《孔乙己》《药》《故乡》《祝福》《在酒楼上》《肥皂》。1995年，方志华编译的《二十世纪中国短篇小说英译》（*Chinese Short Stories of the Twentieth Century: An Anthology in English*）收录了鲁迅的《狂人日记》《祝福》《孔乙己》。同样是1995年，哥伦比亚大学出版社推出了影响深远的《哥伦比亚中国现代文学读本》(*The Columbia Anthology of Modern Chinese Literature*，2007年出第二版)，读本分小说、诗歌、散文三个文类，每个文类再分三个时期，即1918—1949、1949—1976、1976—当代，这样全书共分九个部分。在第一部分“小说，1918—1949”中鲁迅首先入选，共有三篇：《呐喊自序》《狂人日记》《孔乙己》。

《阿Q正传》中有一章叫“优胜记略”，完全可以套用在上文《孔乙己》英译出版情况的描述。优胜的原因何在呢？除了思想的深刻之外，主要还是由于技巧的高超。《呐喊》之中鲁迅本人最满意的正是这一篇，他曾对来访的《晨报》记者孙伏园说，《孔乙己》的长处“能于寥寥数页之中，将社会对于苦人的冷淡，不慌不忙的描写出来，讽刺又不很显露，有大家的作风”(《晨报副刊》1924年1月12日)。海外学者对此英雄所见略同，夏志清在著名的《中国现代小说史》中高度称赞《孔乙己》用笔的简练，美国学者韩南(Patrick Hanan)则十分欣赏其中反语(irony)的运用：“反语的对象是那个被社会抛弃的读书人，反语要素则是在酒店里当伙计的那个十二岁的孩子。虽然这故事是事隔近三十年之后的回忆，却没有让成年人的判断来控制孩子的天真。在孩子的心里，被所有主顾当作笑柄的孔乙己不过是单调无聊的工作中一点快乐的来源，我们也正是通过孩子朦胧的意识看清这个可怜人生活中那种随时出现的残酷。”（《鲁迅小说的技巧》）从思想性上来说，鲁迅的第一篇白话小说《狂人日记》无疑比第二篇《孔乙己》更能震动人心，但却有思想先行、戏剧性不足的问题。《阿Q正传》同样存在艺术上的瑕疵，由于不是一气呵成，结构显得比较松散，小说的叙述者也存在前后不一致的情况，如第一章以第一人称叙事，其后改为第三人称叙事，叙事者一开始表现得像一个新旧交替时代的文人，后来又采用未庄村民的视角。

《阿Q正传》是鲁迅最长的小说，在选本篇幅有限的情况下有时只好割爱，斯诺的观点具有代表性：“我还发现中国有些杰作篇幅太长，无法收入这样一个集子中来。它们应列入长篇，至少也属于中篇，然而就素材、主题、动作及情节的发展来看，本质上只是短篇小说。鲁迅的《阿Q正传》就属于这一类，还有茅盾的《春蚕》和沈从文那部风行一时的《边城》。”（《活的中国·序》）这三部从长度上应该属于中篇小说（novella），与它们相比，《孔乙己》短小精悍的优势非常明显，翻译起来也省时省力。

自1926年以来，鲁迅的小说不断推出各种译本，所以有些译者出于平衡的考虑会倾向于那些较少被问津的作品，夏志清1971年编译的《二十世纪中国短篇小说选》（*Twentieth-Century Chinese Stories*）是一个突出的例子，该译本以郁达夫的《沉沦》开篇，没有选《孔乙己》，也没有鲁迅的其他小说。夏志清当然明白这样做的风险，在序言中明确交代：“不收此前选本中已经翻译的作品，也不重译已经有英译文的作品。”鲁迅于是理所当然地缺席，到1970年代，不要说《孔乙己》这样的名篇，就是相对次要一些的如《端午节》《在酒楼上》都已经有了不止一个译本。夏志清曾在《中国现代小说史》中指出，总体而论《彷徨》比《呐喊》好，并进而认为“就写作技巧来看，《肥皂》是鲁迅最成功的作品”。无论他的观点和选本多么值得商榷，一个不容置疑的事实是：《孔乙己》是被英译最多的鲁迅小说。

关于选本，鲁迅曾深刻地指出，它们所显示的，“往往并非作者的特色，倒是选者的眼光。”（《且介亭杂文二集·〈题未定〉草（六）》）他又说：“凡选本，往往能比所选各家的全集或选家自己的文集更流行，更有作用。册数不多，而包罗诸作，固然也是一种原因，但还在近则由选者的名位，远则凭古人之威灵，读者想从一个有名的选家，窥见许多有名作家的作品。……凡是对于文术，自有主张的作家，他所赖以发表和流布自己的主张的手段，倒并不在作文心，文则，诗品，诗话，而在出选本。”（《集外集·选本》）从出版史的角度考察各种中国现代文学的英文选本，无疑是一件很有兴味的事情，对于鲁迅研究界的同道来说尤其是如此。

《中华读书报》2021年2月10日

凤凰枝文丛

| | |
|---|---|
| 三升斋随笔 | 荣新江　著 |
| 八里桥畔论唐诗 | 薛天纬　著 |
| 跂予望之 | 刘跃进　著 |
| 潮打石城 | 程章灿　著 |
| 会心不远 | 高克勤　著 |
| 硬石岭曝言 | 王小盾　著 |
| 云鹿居漫笔 | 朱玉麒　著 |
| 老营房手记 | 孟宪实　著 |
| 读史杂评 | 孟彦弘　著 |
| 古典学术观澜集 | 刘　宁　著 |
| 龙沙论道集 | 刘　屹　著 |
| 春明卜邻集 | 史　睿　著 |
| 仰顾山房文稿 | 俞国林　著 |
| 马丁堂读书散记 | 姚崇新　著 |
| 远去的书香 | 苗怀明　著 |
| 汗室读书散记 | 王子今　著 |
| 西明堂散记 | 周伟洲　著 |
| 优游随笔 | 孙家洲　著 |
| 考古杂采 | 张庆捷　著 |
| 江安漫笔 | 霍　巍　著 |
| 简牍楼札记 | 张德芳　著 |
| 他乡甘露 | 沈卫荣　著 |
| 释名翼雅集 | 胡阿祥　著 |

| | |
|---|---|
| 壶兰轩杂录 | 游自勇　著 |
| 己亥随笔 | 顾　农　著 |
| 茗花斋杂组 | 王星琦　著 |
| 远去的星光 | 李　庆　著 |
| 梦雨轩随笔 | 曹　旭　著 |
| 半江楼随笔 | 张宏生　著 |
| 燕园师恩录 | 王景琳　著 |
| 鼓箦斋学术随笔 | 范子烨　著 |
| 纸上春台 | 潘建国　著 |
| 友于书斋漫录 | 王华宝　著 |
| 五库斋清史存识 | 何龄修　著 |
| 蜗室古今谈 | 丰家骅　著 |
| 平坡遵道集 | 李华瑞　著 |
| 竹外集 | 朱天曙　著 |
| 海外嫏嬛录 | 卞东波　著 |
| 耕读经史 | 顾　涛　著 |
| 南山杂谭 | 陈　峰　著 |
| 听雨集 | 周绚隆　著 |
| 帘卷西风 | 顾　钧　著 |
| 宁钝斋随笔 | 莫砺锋　著 |
| 湖畔仰浪集 | 罗时进　著 |
| 闽海漫录 | 陈庆元　著 |
| 书味自知 | 谢　欢　著 |
| 三余书屋话唐录 | 查屏球　著 |
| 酿雪斋丛稿 | 陈才智　著 |